変人のサラダボウル

4

SALAD BOWL OF ECCENTRICS

著＝平坂読

イラスト＝カントク

桜舞い散る中で
[さくらまいちるなかで]

マカンコウサッポウ in 白川郷
［まかんこうさっぽう　いん　しらかわごう］

「マカンコウサッポウ!!」

異議あり
裁判（※イメージです）
[さいばん　※いめーじです]

弁護士ブレンダが
検察のムジュンを鋭く突いた！

CONTENTS

SALAD BOWL OF ECCENTRICS

この作品はフィクションです。

現実の人物、団体、建物、場所、法律、歴史、学校、警察、裁判、物理現象等とは異なる場合があります。**特に裁判。**

ECCENTRICS
キャラクター相関図
CHARACTER
NAME
愛崎ブレンダ
NAME
鏑矢惣助
NAME
盾山
NAME
閨春花
NAME
草薙勲
困った子
憧れ？
好き
得意先
アホ
変態
友達
母性の目覚め
ファン
親子
元事務所の後輩
好き
解雇
親子
社長と社員
SALAD BOWL OF ECCENTRICS
SALAD BOWL OF

SALAD BOWL OF
ECCENTRICS
NAME
サラ
永縄友奈
安永弥生
鈴切章
皆神望愛
弓指
明日美
リヴィア
友達
主従
元主従
尊敬
歌詞を
提供
恩人
愛
バンド
メンバー
バンド
メンバー
姫を
託す

これまでのお話Ⅲ

妾《わらわ》の名前は草薙沙羅《くさなぎさら》！　大魔王織田信長《おだのぶなが》の末裔《まつえい》にして天才的魔術師で頭脳明晰《ずのうめいせき》かつカリスマ性に満ちあふれ競馬で荒稼ぎしておる異世界からやってきたごく普通の十二歳女子！　貧乏探偵、鏑矢惣助《かぶらやそうすけ》の娘として日本国籍を手に入れた妾は小学校に入学し、わずか三ヶ月の在学期間中に学校を掌握《しょうあく》して伝説を残したのじゃった。一方、妾の裏切り（ゴメンネ！）により中学でぼっちになってしまった永縄友奈《ながなわゆな》は、かつて自分が助けられた時に学んだ探偵技能を使ってクラスメートをイジメから救い、将来は探偵になることを志すようになったのであった。あと、ちょくちょく鏑矢探偵事務所に手料理を持って来たりバレンタインに惣助にチョコを渡したりするようになったのであった。あれれ〜？（コナン顔）

惣助に懸想《けそう》しておる弁護士の愛崎《あいさき》ブレンダと探偵の閨春花《ねやはるか》も、お互いが同じ男を狙っておると知らぬまま親交を深め、惣助の周囲でラブコメの波動が渦巻いておる予感。父親がモテるのは娘として誇らしいぞよ。……なお、卒業式が終わったあとの妾と級友のやりとりは恥ずかしいので忘れるように。今後うさぎがドロップしたりとかしませんので。

それはそうと何故《なぜ》か宗教家の皆神望愛《みなかみのあ》、歌手志望のフリーター弓指明日美《ゆみさしあすみ》とバンド『救世グラスホッパー』を結成したリヴィアの話じゃが、クリスマスに妾との主従関係を解消し、望愛にお小遣いをもらって競馬やパチンコを嗜《たしな》みながらバンド活動に専念することになったのであった。《ミュージシャン志望のヒモ》という字面《じづら》から漂うダメさがパない。この人、ちょっと前まで真面目な女騎士じゃったんですよ……。

バンド結成当初は望愛と明日美の音楽性の違いから上手《うま》くいかなかったのじゃが、かつてリヴィアにホームレス生活のいろはを教えた小説家、鈴切章《すずきりあきら》と再会し、彼に作詞を担当してもらうことで状況が好転。なんと救世グラスホッパーは瞬《また》く間に人気バンドへとのし上がり、トントン拍子にメジャーデビューが決まる。しかしその矢先、望愛がインサイダー取引の容疑で警察に逮捕されてしまうのじゃった。どういうことなの……。

CHARACTERS

SALAD BOWL
OF
ECCENTRICS

のあ

NAME

ジョブ:被疑者 NEW

アライメント:中立/混沌

STATUS

体力:	37
筋力:	21
知力:	81
精神力:	41
魔力:	0
敏捷性:	19
器用さ:	100
魅力:	92
運:	69
コミュ力:	73

うったえられるもの

3月27日　20時42分

愛崎《あいさき》ブレンダ、三十四歳、弁護士。

彼女が事務所兼住居であるマンションのキッチンで趣味のチョコレート作りをしていると、事務員の盾山《たてやま》がやってきた。

「お嬢様。弁護士会から当番弁護の要請です」

「ええー……」

盾山の言葉に、ブレンダは思わず顔をしかめた。

当番弁護士制度——刑事事件で逮捕・勾留《こうりゅう》された被疑者が、最初の一回だけ無料で弁護士を呼ぶことができる制度である。

被疑者本人もしくはその家族などが弁護士会に依頼し、弁護士会はその日待機中の弁護士の中から一人を選んで連絡する。当番弁護の依頼は二十四時間いつでも、土日祝日関係なく、逮捕された直後から行うことができ、弁護士会に指名された弁護士は、原則として当日中に接見(面会)に向かわねばならない。

一応弁護士会から報酬《ほうしゅう》が出るとはいえ、その金額はお小遣いレベルで、ほとんどボランティアと言っていい。

知識不足によって被疑者が不当な扱いを受けることを防ぐための重要な制度ではあるが、社会に貢献したいという意識など微塵《みじん》もないダーティー弁護士のブレンダとしては当然やりたくない。

一応、当番弁護士として登録するかどうかは任意なのだが、弁護士会の心証を損なわないようにブレンダも仕方なく登録していた。

手を洗ったあと盾山《たてやま》が持って来た弁護士会からのファックスを手に取り、被疑者の情報を確認する。

「ええと、木下《きのした》望愛《のあ》、二十三歳、女性。職業はボランティア団体の代表、ミュージシャン、映像作家、CGクリエイター、フィギュア原型師、投資家……肩書きが多すぎない？」

思わずツッコんでしまうブレンダに、盾山は淡々と、

「いわゆるハイパーメディアクリエイターというものでは」

「胡散臭《うさんくさ》い職業ナンバーワンね」

失笑を漏《も》らしつつ、さらに読み進める。

逮捕理由はインサイダー取引の疑い。

インサイダー取引とは、上場企業などの関係者から世間に公表されていない重要事実を知っ

た人が、その企業の株の取引をすることで、金融商品取引法１６６条によって禁じられており、これを行った者は五年以下の懲役もしくは五百万円以下の罰金が科せられる。さらに、インサイダー取引で得た財産も没収される。

「若き女性ハイパーメディアクリエイター（笑）によるインサイダー取引、ねえ……」

字面《じづら》のインパクトだけは大きいが、詳しいことは実際に話を聞いてみなければわからない。

「仕方ないわね……盾山、車を出して頂戴《ちょうだい》」

「承知しました」

かくてブレンダは、依頼人、木下望愛が待つ警察署へと向かうのだった。

３月２７日　２１時３４分

警察署の接見室へと通され、ブレンダが椅子に座って一人で待っていると、ほどなく向かいのドアが開き、警察官に連れられて被疑者が部屋へ入ってきた。ブレンダのいる側と被疑者のいる側はアクリル板で隔てられ、身体的に接触することはできない。

被疑者が椅子に座ると、彼女を連れてきた警察官はすぐに部屋を出て行った。通常、被疑者との接見は必ず警察官が立ち会い、会話内容も記録されるのだが、弁護士だけは立会人なしに一対一で被疑者と接見することができるのだ。また、逮捕されて勾留《こうりゅう》が決定するまでの最大七十二時間以内は、たとえ家族であっても接見は許されず、接見可能になった後も時間や人数には制限がある。逮捕直後から、いつでも何度でも被疑者と接見することができるのは、弁護士だけなのである。

「はじめまして。弁護士の愛崎《あいさき》ブレンダです。木下望愛《きのしたのあ》さん、ですね?」

ブレンダが確認すると、彼女は「はい」と頷《うなず》いた。

腰ほどまである長い黒髪が印象的な美しい女性で、服装は恐らく部屋着であろうゆったりしたシャツにスウェットパンツ。どこか不安げな表情を浮かべているものの、逮捕直後の割には落ち着いているように見える。

ブレンダが望愛を観察する一方で、望愛のほうもブレンダの顔を見つめ、

「弁護士さんは随分《ずいぶん》とおさ、お若く見えますが」

「こう見えて三十四になります」

いま幼いと言おうとしたわねと指摘するのをこらえ、淡々と告げるブレンダ。依頼人に外見で戸惑われるのはいつものことだ。

「木下さん。お話を伺う前に一つ確認したいのですが、警察の取り調べに対して既《すで》に何か話されましたか?」

「いえ、弁護士さんとお会いするまでは何もお話しできないとお断りしました」

「それが正解です」

ブレンダは素直に感心しつつ、少し声を落とし、

「ちなみに木下《きのした》さんは過去に逮捕歴は……」

「え?」

「いえ、対応も適切ですし落ち着いておられますので」

逮捕されて気が動転し、警察に言われるがまま自分が不利になるような供述をホイホイしてしまう被疑者は多い。

警察は取り調べの前に、黙秘権と弁護人依頼権があることを告知する義務があるのだが、弁護士を紹介してくれるわけではなく、当番弁護士制度について(わざと)説明しないこともあり、「そんなこと言われても弁護士の知り合いなんていない」と諦《あきら》め、そのまま取り調べに応じてしまうのだ。

「わたくし自身は初めてですが、警察のご厄介《やっかい》になったことのある知人が何人かおりまして、まずはとにかく弁護士を呼ぶことが重要だと話していたのです」

「……なるほど」

周囲に逮捕歴のある人間が複数いるようなタイプには見えなかったが、人は見かけによらないものだ。

「容疑はインサイダー取引とのことですが、心当たりはありますか？」

ブレンダの問いに、望愛《のあ》は「はい」とも「いいえ」とも答えず、

「警察の方のお話では、わたくしがとある上場企業の重役のご家族から他の会社の買収計画があることを聞き、その会社の株を購入した疑いがあるとのことです」

「それが事実なら、たしかにインサイダー取引に当たりますね」

「いけないことだとは知らなかったとしても、ですか？」

「はい」と頷《うなず》くブレンダ。「法律で禁止されていると知っていたかどうかに関係なく、また、実際にその取引によって利益を出したかどうかも関係なく、関係者から公表されていない重要事実を聞いて株の取引を行った時点でアウトです」

「……ではわたくし、有罪になってしまうということですか」

「はい」

「そうですか……」

ブレンダが頷くと、望愛は俯《うつむ》いてしまった。やはりショックを受けているのだろうか。

「まあインサイダー取引の場合、よほど悪質でなければ懲役刑にはなることはほぼありませんし、仮に罰金で済まなかったとしても初犯なら確実に執行猶予がつくと思います。知らなかったということであれば、情状酌量《じょうじょうしゃくりょう》の余地もあるでしょうし」

ブレンダは慰《なぐさ》めるように言う。

（……とはいえ、前科が付くことに変わりはないのだけれど……）

現代の日本社会において、前科――『過去に一度でも罪を犯したことがある』という烙印《らくいん》は重く、たとえ十分に罪を償《つぐな》いどれだけ反省し更生しようとも、一生付いて回りその人生に影を落とす十字架になり得るのだ。

望愛《のあ》が顔を上げ、ブレンダの目をまっすぐ見つめて口を開いた。

「どうにか……無罪になりませんか？」

真顔で言った望愛にブレンダは少し考え、

「……関係者が自分の意思で情報を伝えたのか否かが、インサイダー取引の重要な判断基準となります。たまたま話を聞いてしまっただけ、ということであればインサイダー取引には当たりません。あとは、取引を行った時点でその事実が既《すで》に公表されていた――具体的には、二つ以上の報道機関で報じられてから十二時間以上経《た》っていたのであれば、インサイダー取引には当たりません」

つらつらと答えたブレンダを、望愛はじっと見つめ、

「なるほど。ではわたくし、無罪を主張させていただきます」

「そうですか。頑張ってください」

「はい。これからよろしくお願いしますね、先生」

ごく自然に望愛にそう言われ、ブレンダはすぐ首を横に振る。

「お待ちを。ワタシが木下《きのした》さんの弁護人になるわけではありません」

「そうなのですか？」

ちなみに「弁護人」とは、刑事事件の被疑者や被告人の弁護を行う者のことで、弁護士とは限らない。

「はい。ワタシはたまたま当番弁護士としてここに来ただけです。私選弁護人を雇いたいのであれば他の弁護士に渡りを付けますし、弁護士費用がご用意できないのであれば国選弁護人がつくことになるでしょう」

当番弁護士の役目は主に、被疑者に今後の取り調べから勾留《こうりゅう》、起訴までの流れを説明したり、取り調べでのアドバイスをしたり、家族や知人に連絡を取ったりすることである。当番弁護士がそのまま私選弁護人として雇われる場合もあるが、ブレンダにその気はなく、最低限の役目をこなすだけのつもりでいる。

「このまま先生に弁護人になっていただくことはできませんか？」

望愛の言葉にブレンダは少し皮肉っぽく笑い、

「あいにくワタシ、刑事事件の弁護はやらないことにしているんです」

「それはなぜです？」

「かかる労力の割にお金にならないことが多いですし、めんどくさい人たちから『犯罪者を守るのか！』などと頓珍漢《とんちんかん》な非難を受けるのも鬱陶《うっとう》しいですし」

「正直なのですね」

望愛《のあ》は小さく笑い、それからしばらく考えるような顔を見せたあと、

「……もしも無罪にしていただけたら、成功報酬《ほうしゅう》は一千万円でどうでしょう？　もちろん必要経費は別途こちらでお支払いします」

「やります!!」

思わず前のめりになって即答したあと、ブレンダはまじまじと望愛の顔を見る。

「……あの……本気ですか？　というか、本当に一千万払えるんですか？」

「ええまあ、無罪になれるのでしたらそのくらいは」

こともなげに言う望愛。

（嘘を言っているようには見えないけれど……）

「……なぜ会ったばかりのワタシにそこまで？　さっき話にでてきたお知り合いにでも、優秀な弁護士を紹介してもらうことはできないのですか？」

すると望愛は微《かす》かに苦笑を浮かべ、

「教団本部にはあまり頼りたくなくて。それにわたくし、人を見る目には自信があるのです」

教団、というワードが気になったが。

ブレンダは望愛をじっと見つめ、望愛もブレンダをまっすぐに見返してくる。

しばし無言で見つめ合ったのち、

「……わかりました。木下《きのした》さんが無罪放免されるよう、全力を尽くさせていただきます」

かくして、愛崎《あいさき》ブレンダは木下望愛の私選弁護人になったのだった。

3月27日　22時14分

木下望愛との接見を終えてブレンダが接見室をあとにすると、受付で二人の若い女が職員となにやら揉《も》めていた。

年齢はともに二十前後だろうか。二人とも胸が大きく、一人は銀髪で、もう一人は髪を派手な色に染めている。

「だからー！　なんで会わせてもらえないんすか！」

「ですから、逮捕後七十二時間以内は弁護士以外面会できない決まりなんです」

「だったらなんで逮捕されちゃったのか詳しい理由を教えてほしいっす！　なんすかインサイダーって！」

「こちらではお答えできません」

食ってかかる派手な女に、職員が少し苛立《いらだ》ちの色を浮かべ、ちらりと他の警察官に目配せをする。

「明日美《あすみ》殿、ここは冷静に……」

銀髪の女が困った顔でなだめるも効果はなく、

「これがケーサツのやり方っすか！　アンタらはいっつもそうっす！　困ってるときは助けてくれないのに大事なときに邪魔《じゃま》ばっかして！」

どうやら彼女は、もともと警察に良い感情がないらしい。

これ以上騒ぐとおおごとになりそうだったので、ブレンダは小さく嘆息し、彼女たちのほうへと歩み寄って声をかける。

「もしかして、木下望愛《きのしたのあ》さんのお知り合いですか？」

すると二人はブレンダに訝《いぶか》しげな顔を向け、「そうっすけど……」と派手な女が頷《うなず》いた。

「ではアナタがリヴィアさんですね？」

銀髪の女にそう言うと、彼女は戸惑いの色を浮かべ、

「そうですが、あなたは？」

「木下さんの私選弁護人になった、弁護士の愛崎《あいさき》ブレンダです」

名刺を銀髪の女──リヴィアに手渡し、

「とりあえずここは引いてください。木下さんは大丈夫です」

そう言って、ブレンダは二人を警察署の外へ連れ出し、駐車場で待たせていた車の中へと案内した。

「木下さんからリヴィアさんに伝言を預かっています」

「望愛殿はなんと？」

聞き返してきたリヴィアに、

「まずは、ご迷惑をおかけして申し訳ありません、とのことでした」

「迷惑などと……」

心配そうな表情を浮かべるリヴィア。

望愛との接見でブレンダは、何人かに急いで連絡を取るよう頼まれたのだが、その中でも最優先するようにと言われたのがリヴィアだった。

望愛のマンションで一緒に住んでいる銀髪の女性で、バンドメンバー。

それ以上のプロフィールは教えてくれなかったが、望愛の態度から察するに、彼女にとってとても大切な人――おそらくは恋人なのだろうと思う。

ブレンダは接見中にとったメモを読みながら、

「家宅捜索される可能性があるので、リヴィアさんはしばらくマンションを離れ、ホテルかどこかで暮らしてください。クランの拠点にも捜査が及ぶかもしれないので近づかないでください。くれぐれも警察と揉《も》め事は起こさないようご注意を――とのことです。現金が必要なときはクラン副代表の葛西明斗《かさいあきと》氏か、会計担当の長澤洋亮《ながさわようすけ》氏に連絡すれば都合をつけてくれるそうです。連絡先はこちらです」

ブレンダが二人の電話番号が書かれたメモをリヴィアに渡す。

クランというのは、望愛《のあ》が代表を務めているというボランティア団体のことらしい。このあと、副代表の葛西《かさい》にも連絡せねばならない。

「とりあえず今お伝えするのは以上で、面会ができるようになったら、直接リヴィアさんにお話ししたいそうです」

「望愛殿……自分が一番大変だというのに某《それがし》のことを……」

「愛されてるっすねーリヴィアちゃん」

派手な髪の女がからかうように言って、

「弁護士さん、自分にも何か望愛さんから伝言ないんすか?」

「アナタのお名前は?」

「弓指明日美《ゆみさしあすみ》っす。望愛さんとリヴィアちゃんのバンド仲間っす」

「いえ、アナタには特に何も」

「そっすか……」

ブレンダの答えに、明日美は少し拗《す》ねたような顔をした。

望愛から急いで連絡するように頼まれたのは、同居人のリヴィア、副代表の葛西、マンション管理人の小林晋也《こばやししんや》、専属運転手の西原雅人《にしはらまさと》、レコード会社プロデューサーの土田智也《つちだともや》の五人である。

ふと気になったブレンダが、家族への連絡はしなくていいのかと訊《たず》ねたところ、望愛はどこか悲しげに、「必要であれば向こうから連絡が来るでしょう」と答えたのだった。

（面倒な事情を抱えた依頼人のようだけれど、弁護人として全力を尽くしましょう）

すべては一千万円のために。

3月28日　7時12分

探偵の鏑矢《かぶらや》惣助《そうすけ》とその娘サラが事務所で朝食を食べていると、テレビからこんなニュースが流れてきた。

『昨日二十時頃、ガールズロックバンド「救世グラスホッパー」のメンバー・ノアこと本名木《きの》下《した》望愛容疑者が、インサイダー取引の容疑で逮捕されました。警察の発表によりますと、木下容疑者は今年一月、株式会社ひるがの電器が同業他社を買収する計画を関係者から事前に入手し、ひるがの電器の株を大量購入した疑いが持たれています。木下容疑者の所属する「救世グラスホッパー」は昨日の日中に行われた単独ライブにて、ギフトレコードからメジャーデビューすることが発表されたばかりで――』

メジャーデビュー予定のガールズロックバンドのメンバーがインサイダー取引で逮捕という

情報量が多すぎるニュースに興味を惹《ひ》かれ、惣助《そうすけ》とサラはテレビに注目する。

そして、テレビで流れている映像を見て目を丸くした。

「リヴィア!?」

映っているのは件の『救世グラスホッパー』とやらのライブ動画なのだが、その中で髪を振り乱しながらギターを弾いている銀髪の女は、どう見てもリヴィアだった。

「歌っておるのは朝たまに『らいてう』で見かける客じゃの」

「言われてみればそうだな……」

彼女が一度カラオケで歌ったのを聞いたことがあるが、プロ並に上手《うま》かった。

逮捕された木下望愛《きのしたのあ》というのは、キーボード担当の長髪の女性らしい。ライブ映像に重ねて、彼女の写真と名前と年齢が映されている。

「いつの間にバンドなんてやってたんだリヴィア……しかもメジャーデビューって。つーかめちゃくちゃギター上手いな!」

リヴィアの演奏技術の高さは、素人目《しろうとめ》にもすぐにわかるほどだった。

「あっちの世界でもリヴィアの琵琶《びわ》の腕前は相当なものじゃったからのう」

「琵琶?　まあ、たしかに同じ弦楽器ではあるが。それにしてもなんでバンド……」

クリスマスイブにリヴィアが来たとき聞いた話では、ワールズブランチヒルクランというカルト組織で自分のエロフィギュアを作る手伝いをしているとのことだったが、あれから三ヶ月、どうしてこうなったのかがまったく想像できない。

「あれ？　待てよ、たしかリヴィアが働いてるとか言ってたワールズブランチヒルクランの代表の名前も望愛だったな……。名字は木下じゃなかったと思うけど、顔も多分ホームページに載ってた写真と同じだ」

あのあと気になった惣助はネットで検索してみたのだが、普通にホームページが出てきて、そこに代表の写真とプロフィールも載っていた。チベットの奥地で修行して神秘の力を得たとか、いかにもインチキくさい紹介文にげんなりしたのを覚えている。

「ほむ。では組織で使っておるのは偽名で、今回逮捕された木下望愛と同一人物とみて間違いないじゃろうな」

サラの言葉に惣助は頷《うなず》き、

「ああ……つまりあいつ、カルト宗教の教祖とバンド組んでるのか？」

「古来より宗教と音楽は密接に繋《つな》がっておるからのう。宗教家がロックバンドをやっておってもおかしくはあるまい」

「たしかに熱心なファンのことを『信者』って呼んだりするし、そう考えると宗教家もミュージシャンも実は似たようなもんなのか……？」

思わず考え込んでしまう惣助だった。

「しかし先日の転売ヤーといいインサイダー取引といい、あやつの知り合いには経済テロリス

者とは違うぞ」

トしかおらんのかや……」

「あー、一応言っとくけど、木下《きのした》って人はまだ『被疑者』……疑われてるってだけで、犯罪者とは違うぞ」

サラの言葉に、惣助《そうすけ》は念のため指摘しておく。

「どういう意味じゃ？」

「推定無罪の原則って言ってな。なんぴとたりとも、裁判で有罪が確定するまでは無罪として扱われなくてはならないってのが近代法の基本原則なんだ」

「逮捕されておるのに？」

「ああ。逮捕されたあと警察や検察の取り調べで有罪の証拠が十分揃《そろ》ってると判断されたら起訴されて、さらに裁判で有罪判決が下ったとき、初めて『犯罪者』になる」

「じゃが、警察も根拠があるから逮捕するんじゃろ？」

「まあそうなんだろうが、逮捕されても冤罪《えんざい》の証拠が出てきたり、証拠不十分で釈放されるケースは結構よくあるんだ。実際俺も、痴漢で捕まった人の奥さんからの依頼で冤罪を晴らしたことあるし」

「おおー、やるではないか！」

サラが賞賛するも、惣助はその案件を思い浮かべて苦々しい顔になった。

「……まあ、結局その人は街に住めなくなって家族ごと引っ越すことになったんだけどな」

「？　なぜじゃ？」

「夫が逮捕されてすぐに、その家族は近所や学校で酷《ひど》い嫌がらせを受けるようになったんだ。不起訴になって釈放されたあとも、嫌がらせ自体は減ったが元どおりの生活には戻れなかった。それで仕方なく引っ越すことになったわけだ」

「……推定無罪の原則とやらは、民の心に根付いてはおらんのじゃな」

「残念ながらな」

　少し悲しげなサラの言葉に、惣助は重々しく頷《うなず》くしかなかった。

「しかも逮捕された本人だけでなく家族まで嫌がらせを受けるとはのう。こっちの世界の文明は妾《わらわ》の世界よりはるかに進んでおるというのに、民度はさほど変わらんのう」

「ああ……。そもそも相手が本当に犯罪者だろうが、無関係の一般人が好き勝手に嫌がらせしていい道理なんてないんだが。時代や世界が変わろうが、人間の性質自体はあんまり変わらないのかもな」

　つい憂鬱《ゆううつ》な気持ちになった惣助のもとに、得意先の弁護士事務所から電話がかかってきたのは、およそ十五分後のことだった。

3月28日　8時47分

愛崎《あいさき》弁護士事務所に、探偵の鏑矢惣助《かぶらやそうすけ》がやってきた。今日は娘であり助手でもあるというサラも一緒だ。

「で、緊急の依頼ってのは?」

そう訊《たず》ねてきた惣助にブレンダは、

「昨日ガールズバンドのメンバーがインサイダー取引の疑いで逮捕されたというニュースは知っているかしら?」

「ああ。今朝テレビで見た」

木下望愛《きのしたのあ》のニュースは、ブレンダが予想していた以上にマスコミに大きく扱われ、岐阜のローカルニュースだけでなく全国ネットでも報道されているらしい。

警察は容疑者を逮捕した際に報道機関へと通知するのだが、テレビや新聞がそれを報道するかどうか、報道するとしてどれくらい大きく扱うかは、各社の判断に委《ゆだ》ねられる。その主な判断基準とは、端的に言えば「世間の関心を引ける話題かどうか」である。よって無名の一般人が軽犯罪を犯しても、テレビや新聞が報道することはまずない。

木下望愛の場合、「メジャーデビュー直前のバンド」「若い女性」「インサイダー取引」という要素の組み合わせや、たまたま他に大きな事件が起きていないというタイミングも重なり、望愛自身の知名度とは不釣り合いなほどのニュースバリューが発生してしまった感がある。

「そのニュースがどうかしたのか？」

「ワタシ、逮捕された木下望愛さんの弁護人になったの」

「マジで!?」「まじかや！」

惣助とサラが目を丸くした。

「くふふ、まじよ」

二人の反応にブレンダは少し満足感を覚える。

ただでさえ刑事事件の弁護は久しぶりなのに、今朝から思った以上に大きく報道されていて気後《きおく》れしてしまったのだが、これは自分の弁護士としてのステータスの高さを惣助にアピールするチャンスでもあると考えたのだ。

「ブレンダさん、離婚案件以外の仕事もやるんだな」

「もちろんよ。弁護士として真実の追究のため全力を尽くすわ」

意外そうな惣助に、ブレンダは心にもないことを誠実な口ぶりで言った。

そこでサラが期待に目を輝かせ、

「ではアレもやるのかや!?」

「アレ？」

「裁判で『異議あり！』って叫ぶやつじゃ！」

「まあ、裁判になったら異議を申し立てることもあるかもしれないわね」

「おおー！　見たい！　異議あり見たいぞよ！」

はしゃぐサラに惣助《そうすけ》も、

「たしかにそれは俺も見てみたいな。裁判の傍聴って誰でもできるんでしたっけ」

「ええ。希望者が多いと抽選になることもあるけれど」

「じゃあ傍聴に行きますよ。あんたのかっこいい姿を見に」

「ほんとに⁉」

「え、ああ」

思わず声を弾ませてしまったブレンダに、惣助が少し戸惑いの色を浮かべる。ブレンダは少し頰を赤らめ、

「ま、まあ、期待しているといいわ。そしてワタシが勝利を摑《つか》むために、惣助クンにも力を貸してもらうわよ」

「了解。で、何をすればいいいんだ？」

「江里口《えりぐち》製作所について調べてほしいの」

「江里口製作所？」

「先日ひるがの電器に買収された電子機器のメーカーよ」

「ひるがの電器ってたしか、木下《きのした》が株を購入したっていう会社だっけ？」

「そうよ。依頼人には、ひるがの電器による江里口製作所の買収計画を事前に知って株を購入

した疑いがかけられているの。惣助クンは、元江里口製作所の人間に聞き込みをして、買収の話がいつ頃出たものなのか、計画を知り得た人間は誰なのか調べてちょうだい」

「ひるがの電器じゃなくて、買収された会社のほうを調べるのか？」

「ええ。ひるがの電器のほうは別口で調べるわ」

「なるほど」

依頼を受諾し、惣助とサラは愛崎《あいさき》弁護士事務所を出て行った。

それからほどなく、今度は別の探偵がブレンダのもとを訪れる。

閨春花《ねやはるか》。

岐阜県最大手、草薙《くさなぎ》探偵事務所に所属する探偵である。

ブレンダが得意とする離婚案件の場合、まずは惣助に調査を依頼し、有力な証拠が見つけられなかったとき草薙事務所に特殊な調査を依頼するというのが基本パターンなのだが、今回は初手から草薙事務所を使う。

惣助やサラには裁判を期待されてしまったが、できれば裁判しなくて済むよう不起訴処分にもっていきたい。そのためには、警察や検察内部の情報さえ探ることができる草薙事務所の力が不可欠なのだ。

正直なところ、今回惣助には特に何も期待していないので、草薙事務所の調査とかち合わないよう、優先度の低い江里口製作所の調査を依頼した。

「変わった案件を担当することになりましたね～」

いつも通りの穏やかな笑みを浮かべて閨《ねや》が言う。

「ボスのお返事ですが、もちろん全力で協力させていただくとのことです」

「ふふ、それはよかったわ」

「実は逮捕された人、うちの事務所のお客さんでもあるんですよ」

「そうなの？」

「はい。彼女が直接事務所に来たわけじゃないですけど、うちで人捜しの依頼を受けたことがあって。ワールズブランチヒルクランって知ってますか？」

「依頼人が代表を務めるボランティア団体でしょう？」

「あ、それは表の顔で、実態は『金華の枝』の下部組織です。逮捕された木下望愛《きのしたのあ》は教祖の皆神招平《みなかみしょうへい》の娘ですね」

さらりと言った閨に、ブレンダの頬が引きつる。

金華の枝は東海地方を中心に信者を増やしている新興宗教だが、霊感商法やマインドコントロールなど黒い噂が絶えない。過去に何度か幹部が逮捕されたこともあるのだが、いずれも不起訴処分となっている。

（木下さんが言っていた教団というのはこのことだったのね……。インサイダー取引でいきなり逮捕勾留《こうりゅう》なんて妙だとは思っていたけれど……）

刑事事件の容疑者となっても、逃亡や証拠隠滅のおそれがない場合は身柄を拘束されることなく在宅での取り調べとなるケースも多い。

特にインサイダー取引の容疑者は社会的地位がしっかりしている人物が多いので、今回のようにいきなり逮捕されるのは珍しいのだが、反社会的組織のボスである望愛は「逃亡や証拠隠滅のおそれアリ」と判断されたのだろう。

「本当に弁護を引き受けちゃって大丈夫ですか、先生?」

少し心配そうな顔をする閨に、

「……依頼人の素性《すじょう》がどうであれ、ワタシはいつも通り弁護士として全力を尽くすだけよ。どんな手段を使っても、ね」

ブレンダは不敵な笑みを浮かべてそう答えたのだった。

３月２８日　８時４３分

ブレンダが探偵たちと会っていたのと同じころ、警察署の取調室では木下望愛の取り調べが始まっていた。

インサイダー取引などの経済犯罪の場合、逮捕も取り調べも警察ではなく検察が行うことが多いのだが、今回は色々と特殊な事情があり、通常の刑事犯罪と同じくまずは警察にて取り調べが行われる。

取り調べを行うのは可児采奈《かにあやな》巡査部長、二十六歳。

被疑者が若い女性なので、女のほうが話を聞き出しやすいだろうという安易な発想のもと選ばれた。

「あなたは株式会社ひるがの電器が株式会社江里口《えりぐち》製作所を買収する計画があることを、ひるがの電器常務取締役である関田広明《せきたひろあき》氏の息子、関田優真《ゆうま》さんから聞かされ、これが公表される前にひるがの電器の株式を購入しましたね？」

可児が淡々と訊《たず》ねると、

「さあ……どうだったでしょうか」

望愛《のあ》は穏やかな顔で小さく首を傾《かし》げた。

「今年一月十三日、あなたがひるがの電器の株を購入した記録があります」

そう言って可児は、証券取引等監視委員会から提出された取引記録のコピーを望愛に見せる。

証券取引等監視委員会（証券監視委）とは、証券市場等の公正な取引を確保するための組織である。

不正な取引が行われていないか日常的に市場を監視し、怪しい動き――具体的には企業買収のような重要事実が公表される前に株を大量取引するなど――を発見すればこれを調査する。……ただし、今回のインサイダー取引を告発したのは証券監視委ではないのだが。

「ひるがの電器による江里口製作所の買収が発表されたのは、その五日後、一月十八日のことです」

「そうなのですね」

相変わらず表情を崩さない望愛に、可児は苛《いら》立《だ》ちを覚えるも、それを表に出さないよう注意する。

「なぜこのタイミングでひるがの電器の株を購入したのですか？」

「たまたまです」

「たまたま偶然、なんの根拠もなく上がる直前の会社の株を大量に買ったと？」

「なんの根拠もなく、というのは間違いですね」

「え!?」

意表を突かれた可児に、望愛は微笑《ほほえ》み、

「わたくし、パソコンで音楽や映像を作っているのですが、去年導入したＰＣの冷却パーツがひるがの電器の新製品だったのです。それが大変良いものでしたので、このメーカーは伸びると確信いたしました」

可児はパソコンに詳しくないが、ひるがの電器の製品を使っているというのはおそらく本当なのだろう。自宅を調べればすぐにわかるような嘘をつくとも思えない。

このままでは埒《らち》があかないと判断し、可児《かに》は攻め方を変えることにする。

「……そういえば木下《きのした》さんは、ワールズブランチヒルクランというボランティア団体の代表なのですね」

「はい」

調査資料を読みながら可児が訊《たず》ねると、望愛《のあ》は素直に肯定した。

「……関田優真《せきたゆうま》さんもクランのメンバーですよね？」

「すみません、恥ずかしながらメンバー全員の名前を覚えているわけではないのです」

「たしかに、百人以上もいらっしゃるのですから、無理もありませんね」

「ええ」

「あなたは他のメンバーと一緒に活動したりはしないんですか？」

「はい。皆さんの前でお話をすることはありますが、幹部以外のかたと直接話すことは滅多にありません」

「関田優真さんとも面識はない、と？」

「わかりません。挨拶《あいさつ》を交わしたことくらいはあるかもしれませんね」

「……ところで、クランの活動拠点には告解室《こっかいしつ》という部屋があるそうですね」

望愛の眉が一瞬だけぴくりと動いた。

「よくご存知ですね」

「どんな部屋なのですか？」

「誰にも言えない悩みや犯してしまった過ちを神に告白するための部屋です」

「キリスト教の教会にあるのと同じようなものと考えて宜《よろ》しいですか？」

「そうですね」

カトリック教会の告解室は神に罪を告白して許しを得るための場所だが、実際には仕切り越しにいる司祭に罪を告白し、司祭がそれを神に取り次ぐというシステムになっている。

「では教会の告解室と同じように、仕切りの向こうでは司祭が話を聞いているのですか？」

「うちのクランには司祭なんていません」

「では誰が？」

「仕切りの向こうには誰もいません。誰にも言えないことを神に告白することで、心の平穏を得るための部屋ですから」

望愛はクラン拠点にある告解室という部屋で、関田優真からひるがの電器に関する重要事実を聞き、株取引を行った――それが警察の見解である。

「マスタールーム……つまりあなた専用の部屋と告解室は扉で直接繋《つな》がっていますよね？」

「本当にお詳しいのですね。クランの誰かからお聞きになったのですか？」

「質問しているのはこちらです。あなたはいつでも告解室にやってきた人の話を聞くことができる……違いますか？」

「理論上はそうかもしれませんね」

「告解室《こっかいしつ》の利用は予約制で、決まった時間にしか使用できないそうですね。しかも料金が必要だとか。独り言を言うだけの部屋なら、常時開放していてもいいのでは？」

「ひっきりなしに告解が届いては、神も大変でしょうから」

「利用者は、マスターに直接自分の話を聞いてもらうために、わざわざお金を払って告解室を使うという情報があるのですが？」

「まあ。どこでそんな勘違いが生まれてしまったのでしょう」

「……」

可児《かに》が望愛《のあ》に鋭い視線を向けるも、望愛はそれを平然と受け流した。

（絶対に認めさせてやるわ）

可児は決意を新たにし、

「まあ、時間はたっぷりありますから、じっくりとお話をしましょうか」

「お手柔らかにお願いしますね」

威圧感を込めて言った可児に、望愛は相変わらずの柔和《にゅうわ》な声音《こわね》で答えた。

３月２８日　１２時２６分

可児采奈《あやな》による木下《きのした》望愛の取り調べは三時間以上続いた。

その結果、

「取り調べる側が逆に落とされてどうする!?」

自白を得られないどころか望愛に情報を搾り取られて取調室から出てきた可児に、彼女の上司である白取《しらとり》は思わず怒鳴ってしまった。

白取龍哉《りゅうや》警部、三十九歳。昨夜望愛のマンションに踏み込んだ刑事の一人である。

（くそっ、親に下部組織の運営を任されてるだけの小娘と思って油断した……。腐っても百人を超える組織の指導者ってわけか）

木下望愛は、インサイダー取引の容疑については一貫して否認。

取るに足らない話題には応じるものの、可児が時折織り交ぜる核心的な質問ははぐらかし、不利な供述を巧妙に避ける。

それどころか、逆に可児に対して雑談を持ちかけ、巧みな話術で可児の張り詰めた心にするりと入り込んでいった。

「大変なのですね……刑事というお仕事は。女性ならではのご苦労もおありでしょうし……」

「そうなのよ！　わかってくれる?」

「ええ、それでも市民のために懸命に頑張っておられる可児さんを、わたくしは同じ女性として尊敬いたします。どうかここにいる間だけでも、わたくしのことを友人だと思って気軽にお話ししてくださいませ」

「うん……！　うん……！」

気づけば可児《かに》は、自分の生い立ちや警察官になった動機、仕事やプライベートにおける苦労や不満まで望愛《のあ》に打ち明けていた。

さらには、
・今回インサイダー取引の疑いが持ち上がったのは、望愛に重要事実を教えたとされる関田優《せきたゆう》真《ま》本人が自首してきたためであること。
・自首してきたこともあり、関田優真は逃亡の恐れなしと逮捕勾留《こうりゅう》されておらず、在宅での取り調べとなっていること。
・今のところ望愛がインサイダー取引を行った根拠は、関田優真の供述と、関田が告解室《こっかいしつ》で話したときの録音データ（関田の声しか入っていない）、ひるがの電器が買収を発表する直前に望愛が株を大量買いした記録のみであること。
・今回の逮捕の真の目的は、望愛およびワールズブランチヒルクランの上にいる新興宗教『金華の枝』に揺さぶりをかけるためであること。具体的には、この逮捕を取っ掛かりに余罪を追及し、クランひいては金華の枝にまで捜査の手を伸ばす作戦であること。
・望愛がなぜか突然バンド活動を始めたことは警察も把握していたが、メジャーデビューのことまでは知らず、メジャーデビューの発表と逮捕が重なって大きなニュースになってしまったのは警察にとっても想定外の事態であること。

……こうした、被疑者に知られてはならない情報――別に伝えてはいけないという決まりがあるわけではないのだが、被疑者や弁護人に知られると対策を取られてしまうので警察は極力手持ちのカードを隠すのだ――まで、可児は洗いざらい喋《しゃべ》ってしまったのであった。

「ふふふ……よくお話ししてくださいました。可児さんの思いやりと優しさは、きっとこれからの警察に必要なものだと思います」

慈愛に溢《あふ》れた眼差《まなざ》しで見つめる望愛に、どこか満ち足りた顔を浮かべる可児。

様子を見に白取《しらとり》警部が取調室へ向かったときには、すべてが手遅れになっていた。

現在、望愛は取調室の中で他の刑事に監視されながら、悠々と昼食を食べている。ちなみに自弁（警察で提供される食事ではなく、自費で外部の食事を注文すること）の海老《えび》天丼だ。

「本ッ当に、申し訳ありません！　……彼女と喋っていると、自分でも不思議なくらい口が軽くなってしまいました……！」

深々と頭を下げて謝罪する可児に、白取は大きなため息をつき、

「もういい。今後の取り調べは俺がやる」

十数年以上も前からカルトの疑いでマークされ、何度か幹部が逮捕されたりしながらも起訴には持ち込めず、法的処分を逃れてきた『金華の枝』。

その牙城《がじょう》を崩すことができれば、刑事として大手柄となり昇進は間違いない。

テレビで実名報道までされてしまったのは少し気の毒に思うが、木下望愛《きのしたのあ》には自分の出世の礎《いしずえ》になってもらう。

強い決意と野心を瞳に宿し、白取龍哉《しらとりりゅうや》は望愛に威圧感を与えるべくわざと乱暴に取調室のドアを開けたのだった。

3月28日　18時35分

「……白取さんだって落とされてるじゃないですか」

六時間後、取調室から出てきた白取を、可児《かに》がジト目で出迎えた。

白取は目に涙を浮かべ、

「彼女は可哀想《かわいそう》な子なんだよお……」

取り調べ担当が女性の可児からいかつい男性刑事の白取に代わっても、望愛の態度に変化はなかった。

他愛《たわい》のない話題には乗りつつ、都合の悪い質問には徹底して黙秘を貫く。

業を煮やした白取が恫喝《どうかつ》まがいの言動をしても、怯《おび》えた顔一つ見せない。

白取による取り調べが始まって三時間ほど経《た》ったとき、

「お手洗いに行きたいのですが」

望愛がそう言ったので、

「ハッ、素直に罪を認めればいくらでも行かせてやるよ。そうじゃねえならここですることだな！」

白取は反射的に、コンプライアンス的に完全アウトな発言をしてしまった。今のを弁護士に報告されるとまずい。焦《あせ》る白取に望愛は真面目な顔で、

「ではせめて、バケツか何かを貸してくださいませんか？　刑事さんの足が汚れてしまうかもしれませんので」

「本当にここでする気か⁉」

すると望愛は微笑《ほほえ》みながら、

「子供のころは自由に用を足すことも許されず、よく粗相をしてしまったものです」

「……さ、さっきの言葉は冗談だ。トイレくらい自由に行かせてやる」

「ありがとうございます」

そうしてトイレから戻ってきた望愛の口から語られたのは、彼女の悲惨《ひさん》な生い立ちであった。

教祖である父親のもと、修行という名目で行われた虐待《ぎゃくたい》の数々。

教団の運営する山奥の村で生活し、小学校にも行かせてもらえなかった。

教祖の娘という特別な立場である彼女は、村に住む他の子供たち――信者の子供、いわゆる宗教二世――と遊ぶことすらも許されなかった。

望愛《のあ》の話しぶりはあくまでも穏やかで、それがより悲壮感を高める。

気づけば白取《しらとり》はすっかり望愛に同情し、いつしか涙ぐんでいた。

「……さっきは……怒鳴って悪かったな」

厳しい態度を謝罪する白取に、望愛は微笑《ほほえ》み、

「いえ、実は……少し嬉《うれ》しかったのです」

「嬉しい?」

「はい。わたくしの父はわたくしが何をしても声を荒げたりはせず、淡々とお命じになるだけでしたので……。大声で叱ってくださる刑事さんの様子に、こういうのが普通の家庭のお父さんなのかな、とつい想像してしまったのです」

その言葉は、仕事にかまけて妻子との関係が冷え切っている中年刑事の心に染み渡り、白取は完全に落ちた。

こんな可哀想《かわいそう》な子に、自分はなんということをしてしまったのだろう。

「悪かった……悪かったよう……」

「ふふ……どうか気になさらないでください。お父さんは自分のお仕事を頑張っておられるだけなのですから」

涙を流しながら謝罪を続ける白取に、望愛は優しく慰《なぐさ》めの言葉をかけるのだった。

3月28日　18時42分

木下《きのした》望愛と二度目の接見をするため、愛崎《あいさき》ブレンダは警察署を訪れた。

接見室の椅子に座ってしばらく待っていると、警官に連れられてジャージ姿の望愛が部屋に入ってきた。

手錠も腰縄もされておらず、手にはプラスチック製の寿司桶を持っている。

「もしかしてお食事中でしたか？」

ブレンダが訊《たず》ねると、望愛は頷《うなず》いた。

「はい。取り調べが終わって、先ほど注文した夕食が届いたところでした」

「自弁を頼まれたんですね」

「はい。先生にアドバイスしていただいたとおりに」

昨夜ブレンダは、長時間の取り調べと気が滅入《めい》る留置場での生活を耐え抜くには体力と気力が重要なので、食事はなるべく自弁で栄養があって美味《おい》しいものを食べるべきだとアドバイスした。

留置場で提供される食事は決して粗末なものではなく、栄養バランスのとれた真っ当な料理なのだが、頭を働かせるのに必要な糖分が不足しがちで、外部の弁当屋から運ばれてくるため冷めていてどうしても味が落ちる。

「どうぞ、遠慮なく召し上がってください」

ブレンダが促すと、望愛《のあ》は「では」と寿司桶の蓋《ふた》を開け、寿司を食べ始めた。

「……自弁でお寿司なんて頼めるんですね」

自弁で頼めるメニューは留置場によって決まっているのだが、こんな結構高そうな寿司まで頼めるとはブレンダも知らなかった。

「刑事さんが、出前で頼めるものならなんでもいいと特別に許可してくださいました」

「なるほど」

そういうこともあるのか……とブレンダは納得し、

「食べながらで結構ですので、取り調べのことを聞かせていただけますか？」

「はい」

望愛が頷《うなず》き、取り調べで刑事から得た情報をブレンダに伝えてきた。

『（被疑者が）取り調べで刑事から得た情報』という言葉の違和感がすごいが、そうとしか表現できない。

ブレンダが草薙《くさなぎ》事務所の力を使って手に入れるつもりだった、警察の持っている手札。これが分かれば勝ったも同然だ。

「くふふ……くふふふふふ……！」

笑いがこみ上げてくるのを抑えられなくなったブレンダに、望愛が小首を傾《かし》げる。

「あの、先生？」

「いえ、失礼……あまりに意外な展開に思わず笑ってしまっただけです」

「わたくしの話、お役に立ちますか？」

「役に立つどころか……この情報があれば必ず起訴を免れることができるでしょう」

「本当ですか？」

「ええ。すぐにアナタをここから出してさしあげましょう」

「ふふ……頼りにしています、先生」

「くふふ……お任せください」

宗教家と弁護士は、二人して悪い笑みを浮かべるのだった。

３月２８日　１９時５７分

ブレンダとの接見を終え、望愛は留置場の雑居房へと戻された。

望愛《のあ》の雑居房には、他に三人の女性が留置されている。

藤田美樹《ふじたみき》、万引きで捕まった四十六歳の独身女性。

ジョアナ・ペレイラ、大麻所持で捕まった三十一歳のブラジル人。

染谷知穂《そめたにちほ》、特殊詐欺《さぎ》で捕まった二十四歳のフリーター。

三人とも逮捕されるのは初めてではないらしく、留置場生活にも慣れているらしい。

「遅いよーノアさん。待ちくたびれたじゃん」

染谷が親しみのこもった声で言った。

「取り調べ、キツくありませんでしたか？」

藤田が気遣わしげな顔で訊《たず》ねる。

「いえ、それほどでも。刑事さんも良くしてくださいましたし」

望愛は微笑《ほほえ》みながらそう答えた。

そこでジョアナが、

「それよりノア、はやく話の続き聞かせてクダサーイ。救世主リヴィア様のお話！」

「ふふふ、わかりました」

和気藹々《わきあいあい》とした雰囲気に包まれる雑居房。留置場は犯罪者を閉じ込めているわけではないので、よほど騒がしくしない限り会話するのは基本的に自由なのだが、ここまで和《なご》やかなのはこの部屋だけだ。

G.O.D.
MICHIBIKI

昨夜望愛《のあ》がこの雑居房に来たのは消灯時間が過ぎてからだったので、三人と話したのは今朝が初めてである。

今朝起きて、取り調べが始まるまでの三時間弱の間に、望愛は三人の心を掌握《しょうあく》していた。三人それぞれ、犯した罪も生まれ育ちも違うのだが、社会の底辺で生きていたことは共通している。

そんな三人にとって、望愛の語って聞かせた本物の救世主の存在は救いの光であった。

「自由の身になったら、皆さんもぜひクランにいらしてください。きっと自分のなすべきことが見つかるはずです――」

望愛の話に、三人は恍惚《こうこつ》の表情で聞き入るのであった。

3月28日　15時56分

望愛が警察で宗教家無双をしていた一方で、リヴィアは弁護士から伝えられた望愛のメッセージに従い、ホテルに身を移していた。明日美《あすみ》も同じ部屋に泊まっている。

望愛と会うこともできない今、二人にできることは何もないので、とりあえず風呂に入ることにした。

このホテルにはサウナ付きの大浴場があるので、さっそくサウナに入る二人。

「どうなるんすかね～、これから……」

ストーブの前で熱に蒸されながら、沈んだ声で明日美が言う。

「さあ……なるようにしかならないのではないでしょうか……」

同じく頭の働いてない顔でリヴィアが答える。

「達観してるっすねー、リヴィアちゃん」

「これまでもいろいろありましたから……」

岐阜に転移してきてからの波瀾万丈《はらんばんじょう》な日々を思い出し、苦笑するリヴィア。

「望愛さん、大丈夫っすかね～……？」

「大丈夫だと信じたいです……。酷《ひど》い拷問をされていないといいのですが……」

「いやさすがに日本の警察で拷問はないっすよ」

「そうなのですか？」

「た、多分」

明日美は少し自信なさげに答え、

「つーか望愛さん、ホントにやっちゃったんすかね、インサイダー」

明日美の言葉にリヴィアはしばらく沈黙し、

「………………やっていたとしてもまったく違和感はないですね」

すると明日美《あすみ》は苦笑し、

「そうっすよねー……。若いのにあんなお金持ってるなんて、なんか悪いことやってんじゃないかって正直思ってたっす」

「実際、某《それがし》と会うまでは、あくどいこともやっていましたからね……」

「そうだったんすね……」

明日美は嘆息し、

「でも、望愛《のあ》さんがいなかったら、バンド活動ここまで順調にいってなかったっすよね……」

「それは間違いありません」

作曲だけでなく、レコーディングスタジオやライブハウスの手配、ウェブサイト作成に動画の編集など、バンドを全面的に支えてくれていた。

「どうなるんすかね～、これから……」

「さあ……なるようにしかならないのではないでしょうか……」

「……会話が戻って来ちゃったっすね」

「そうですね」

二人は苦笑を浮かべ、

「そろそろ出るっすか」

「はい」

サウナから出て水風呂につかり、椅子で休憩。

それから再びサウナ、水風呂、休憩を二セット繰り返す。

いつもの二人ならこれでととのい、すべての悩みから解放されるはずだったのだが、この日は何度やってもととのうことができなかった……。

3月29日　18時24分

翌日。

救世グラスホッパーがデビューする予定だった音楽会社、ギフトレコードのプロデューサーである土田智也《つちだともや》が、東京から岐阜へとやってきた。

泊まっているホテル近くの喫茶店で、リヴィアと明日美は土田と対面する。土田の目元にはひどいクマができており、顔色も悪い。

「……残念ですが、メジャーデビューの件は白紙に戻させてください」

挨拶《あいさつ》も早々に、どんよりした声で土田が告げた。

リヴィアも明日美も予感していたことではあったが、やはりショックを禁じ得ない。

「望愛さん、まだ逮捕されただけで有罪って決まったわけじゃないんすよ!?」

声を荒げる明日美《あすみ》に、土田《つちだ》は弱々しく首を振り、

「そんなことはうちも承知しています。しかしアーティストというのは人気商売ですから、逮捕されたというだけで世間のイメージは最悪なんです。ドラマのタイアップの話も立ち消えになって、君たちを大々的に売り出すために準備してきた時間もお金も全部パーですよ……。私も責任を取らされるでしょうね……」

そう言って土田は魂が抜け落ちるようなため息を吐いた。ここまで弱り切った姿を見せられると、明日美も何も言えず俯《うつむ》くしかなかった。

「それでは、私はこれで……」

土田が席を立ち、よろよろと弱々しい足取りで喫茶店を出て行く。

と同時に、明日美の目から涙がこぼれ落ちた。

「……やっと……やっと夢がかなうと思ったのに……」

「明日美殿……どうか――」

しかしリヴィアが慰《なぐさ》めや励ましの言葉をかけるよりも早く、

「っしゃーっ！」

明日美は顔を上げ、おしぼりで涙を乱暴に拭《ぬぐ》った。

「あ、明日美殿……!?」

「しゃーない！　またイチから出直すしかないっすね！」

明るい声でそう言って、明日美はリヴィアに笑顔を向ける。

明らかに空元気の強がりの笑顔だったが、リヴィアはそんな明日美の態度に感銘を受けた。

「そのとおりです明日美殿。今回は残念なことになってしまったとはいえ、デビュー直前まで行ったという事実は変わりません」

「そっすよね！　自分たちなら、またすぐデビューの話が来るっす！」

「某《それがし》もそう思います！」

「じゃ、さっそく家で新曲の準備っすね。これまで望愛《のあ》さんに頼りすぎてたんで、ちゃんと自分でも曲作りとか動画の編集もできるようになんないと！」

力強くそう言った明日美に、リヴィアは心から尊敬を覚えるのだった。

3月31日　8時47分

望愛の逮捕から七十二時間が経過し、ようやく弁護士以外の人間も面会することが可能になった。

リヴィアと明日美は、さっそく望愛に会うため警察署を訪れる。

一般人が面会可能な時間帯は平日の八時三十分から十七時十五分の間で、十二時から十三時の間は昼休みのため面会できない。一度に面会できるのは三人までで、面会できる時間は十五分から二十分程度となっている。また、弁護士の接見のときとは違い、必ず警察官が立ち会うことになる。

接見室が空いていなかったり取り調べの最中だったりした場合は待たされることになるのだが、今回は幸い、手続きしてすぐに接見室に通された。

リヴィアと明日美《あすみ》は知らなかったが、被疑者が容疑を否認している場合、証拠隠滅や口裏合わせを防ぐために――被疑者を精神的に追い込むためという面もある――七十二時間後も面会が禁止されることが多いのだが、今回はそれもなく、完全に特別待遇であった。

しばらく待っていると、警察官に連れられて望愛《のあ》が部屋に入ってきた。

見たところ顔色は良く足取りもしっかりしているので、リヴィアはとりあえず安堵《あんど》する。

「このたびはご迷惑をおかけして申し訳ありませんでした」

椅子に座った望愛は、開口一番そう言って頭を下げた。

「お気になさらず。望愛殿こそ大丈夫でしたか?」

「わたくしは心配ありません。リヴィア様のほうは何かございましたか?」

「メジャーデビューの話、ナシになったっす」

明日美が口を挟んだ。それを聞いた望愛は表情を曇らせ、

「やはりそうなりましたか……。ですがご安心ください」

「え？」と小首を傾《かし》げる明日美に、

「わたくしは犯罪者というわけではありません。なんの落ち度もないにもかかわらず契約を一方的に破棄するというのは許されることではなく、おそらく訴えれば勝てます」

「マジすか？　メジャーデビューできるってことっすか？」

「はい」

「……でも、事務所と裁判なんてしたら勝っても関係最悪になるんじゃないっすか？」

「たしかに関係悪化は避けられないでしょうが……。でしたら、和解金をいただいて他社でのデビューを目指すという手もありますね」

「な、なるほど……」

感心した様子の明日美を横目に、リヴィアはおずおずと望愛に切り出す。

「あの、望愛殿」

「なんでしょうリヴィア様？」

リヴィアは小さく息を呑み、

「……そもそも望愛殿は、本当に無実なのですね？　本当にいんさいだーー取引とやらを行ってはいないのですね？」

望愛の返事は一瞬遅れた。

「……もちろんです」

「……」

リヴィアは望愛《のあ》の目をまっすぐに見つめる。すると望愛の頬が少し赤くなった。

「望愛殿、某《それがし》の目を見て言えますか？」

リヴィアの問いに、望愛は視線をリヴィアと、面会に立ち会っている警察官との間で何度も彷徨《さまよ》わせた。

「あ、これ本当はやってるな」と確信するリヴィア。

「望愛殿……あくどいやり方でお金を稼ぐのはやめると約束したではありませんか……」

すると望愛は少し拗《す》ねたように、

「だって……御神体の量産態勢を整えるためにお金が必要だったのです……」

その言葉にリヴィアは嘆息し、

「まあ、いろいろと望愛殿に頼りきりだった某にも責はあるのでしょうね……」

「そんな！　リヴィア様が気に病む必要などありません！」

慌てて否定する望愛に、

「望愛殿……過ちは誰にでもあるものです。しっかり罪を償《つぐな》い、某と明日美《あすみ》殿と一緒にまた一からやり直しましょう」

「そっすよ！　望愛さんが帰ってくるのを自分、ずっと待ってるっす！」

口々に言うリヴィアと明日美に、望愛の瞳に涙が浮かび、

「リヴィア様、明日美さん……。わかりました。わたくし、リヴィア様の使徒に相応《ふさわ》しい人間になるため、今度こそ生まれ変わろうと思います」

「望愛殿！」「望愛さん！」

決意の言葉を口にした望愛に、リヴィアと明日美も感極まった眼差《まなざ》しを向ける。

……そんな三人の様子をずっと見ていた立ち会いの警察官が、冷や汗を浮かべて呟《つぶや》く。

「えっと……これ、容疑を認めたってこと……？」

3月31日　18時7分

「認めたってどういうことよ!?」

接見に訪れた弁護士の愛崎《あいさき》ブレンダは、望愛に「インサイダー取引を行ったことを認めた」と聞かされ、思わず声を荒げた。

「申し訳ありません先生。わたくし、罪を認め償うことにしました」

そう言う望愛の顔は妙に晴れ晴れとしている。

「何故《なぜ》なのホワイ!?　取り調べで自白強要でもされた!?　だとしたら逆にこっちが警察を訴えることもできるわよ!?」

「いえ、決してそのようなことは」

「だったら何故《なぜ》!? もう少しで無罪放免にできるところだったのよ!? 関田優真《せきたゆうま》が告解室《こっかいしつ》で重要事実を喋《しゃべ》った時間、アナタが別の場所にいたというアリバイを証言してくれる人を見つけたの！」

「え？ そんなわけが……」

驚きを浮かべる望愛《のあ》に、ブレンダは呼吸を落ち着け、

「証人はアナタの専属運転手の西原雅人《にしはらまさと》さんです。こちらの熱心なお願いの結果、証言してくれることになりました。彼はドライバー派遣会社の社員でアナタのクランとは無関係ですから、証拠能力にも問題ありません」

「……西原さんのこと買収しました？」

「してません」

望愛の問いに、ブレンダは真顔で即答した。

実際、買収「は」していない。草薙《くさなぎ》事務所に西原の弱みを摑《つか》ませ、それをチラつかせてお願いしただけだ。

望愛は小さく笑って、

「申し訳ないのですが、わたくしにアリバイがあるというのは西原さんの勘違いだと思います。報酬《ほうしゅう》の一千万円は約束どおりお支払いしますので、先生にはどうか、わたくしが裁判で

無罪ではなく適切な量刑へと導かれるよう、お力をお貸しください」

「そんな……！」

唖然《あぜん》とするブレンダに、望愛は「それでは……」と頭を下げ、接見室から出て行ってしまった。

「なんでなのよ〜〜〜!!」

一人残され、頭を掻《か》きむしりながら叫ぶブレンダだった。

4月1日　16時21分

「まんまと起訴されちゃいましたねー」

愛崎《あいさき》弁護士事務所のキッチンにて、ブレンダが閨《ねや》と一緒に料理を作っていたところ、木下《きのした》望愛が検察に起訴されたという情報が入ってきた。

これで望愛は、「被疑者」から「被告人」となった。

「……ワタシのせいじゃないもん」

子供のように唇を尖《とが》らせ、弱々しく言うブレンダ。

そんなブレンダに閨は密《ひそ》かに母性をくすぐられつつ、

「わかってます。仕方ありませんよ。依頼人にいきなり梯子《はしご》を外されちゃったんですから。不可抗力です」

「そう、そのとおりよ……。春花《はるか》ちゃんたちにも無駄骨を折らせてしまったわね……」

「うちは報酬《ほうしゅう》さえいただければ別に。それより、先生はどうなんですか？」

「どうって？」

怪訝《けげん》な顔をするブレンダに、閨《ねや》は悪戯《いたずら》っぽく、

「このまま引き下がっちゃうんですか？」

「……」

報酬は変わらないとはいえ、勝てるはずの戦いを強制的に中断させられたのだ。弁護士として到底納得できるものではない。

「引き下がるわけないじゃない……！　クライアントの希望なんて知ったことではないわ」

ブレンダの目に炎が宿る。

「くふふ……見ていなさい木下望愛《きのしたのあ》……たとえアナタが有罪を望もうと、裁判で無罪を勝ち取ってみせるわ……！」

「その意気です先生！」

弁護士としてアレな決意を語るブレンダを、閨が無駄に煽《あお》る。

「たしか日本で起訴された場合の有罪率って９９・９％なんですよね。もしこれで本当に先生

が無罪を勝ち取ったら、先生の好きな人も先生のこと好きになっちゃうかも」

「……！」

闑の言葉にブレンダは目を見開く。

(惣助《そうすけ》クンも裁判でワタシのかっこいいところを見たいと言ってくれたし、これは絶好のチャンスかもしれないわ……！)

こうしてブレンダはますますやる気を漲《みなぎ》らせるのだった。

CHARACTERS

SALAD BOWL OF ECCENTRICS

のあ NAME

ジョブ：被告人 NEW

アライメント：善 NEW ／混沌

STATUS

体力：	37
筋力：	21
知力：	81
精神力：	41
魔力：	0
敏捷性：	19
器用さ：	100
魅力：	92
運：	69
コミュ力：	75 NEW

魔王の末裔、中学デビューする

4月7日　9時17分

四月七日、今日は市立沢良《さわら》中学校の入学式が行われる。

スーツ姿の惣助《そうすけ》は、中学の制服に身を包んだサラとともに探偵事務所を出て、中学校への道のりを歩いていた。

ちなみに沢良中の制服はごく普通のセーラー服である。

「サラちゃん、中学の制服も似合うねえ」

「そうじゃろか？　妾《わらわ》的にはちと地味な気がするんじゃが」

「ガハハ、サラちゃんは何を着ても可愛《かわい》いよ！」

「であるか！　そうじゃなガハハ！」

「……だからなんでアンタもついてきてんだよ」

既視感を覚えつつ、惣助はサラを挟んで並んで歩いている男――自分の実父、草薙勲《くさなぎいさお》を横目で睨《にら》んだ。

惣助とサラが事務所を出ると、当然のように勲が待っていて一緒についてきたのだ。

「入学式は各家庭二人まで出席可能だからな。今日は堂々とサラちゃんの保護者として出席するぞ」

先月行われたサラの小学校の卒業式では、勲《いさお》はコネを使って来賓席《らいひんせき》に潜り込んでいた。

「そこまでして式に出たいかよ……。俺のときには来なかったくせに」

呆《あき》れ顔で呻《うめ》く惣助《そうすけ》。

惣助の小学校と中学校の入学式も卒業式も、勲は仕事のため来られなかった。

小学校の入学式のときはまだ離婚していなかったので母親が出席したが、それ以降はずっと一人だった。

「なんだ惣助、拗《す》ねてるのか？」

「ち、ちげえよクソジジイ！」

からかうように言った勲に、惣助は少し顔を赤くしながら慌てて否定するのだった。

歩くこと十分弱、三人は沢良《さわら》中学校に到着する。

校門には『入学式』と書かれた大きな看板が立っており、新入生とその保護者が順番に記念写真を撮っている。

「すみません、写真をお願いしてもいいですか？」

惣助たちが校門に近づくと、順番待ちをしていた子供連れの男性から声を掛けられた。

「あ、はいもちろんです」

惣助《そうすけ》が快諾し、男からスマホを受け取ったそのとき、

「あ、あなたはもしかして草薙沙羅《くさなぎさら》様!?」

男が惣助の近くにいたサラを見て大きな声を上げた。

「いかにも」

サラは動じた様子もなく頷《うなず》く。

そこで男と一緒にいた少女が、頬を紅潮させ興奮した様子で、

「入学早々沙羅様とお会いできるなんて光栄です！　あ、私、沢良《さわら》小の――」

「寺澤美千留《てらさわみちる》じゃな。同じクラスになれると良いのう」

「ええ!?　違うクラスで一度挨拶《あいさつ》しただけの私の名前を覚えてくださってるなんて！」

感激のあまり涙ぐむ少女。そこで寺澤の父親が、

「あ、あの、よかったら沙羅様も娘と一緒に写真に入ってくれませんか？」

「もちろんじゃとも」

サラが頷くと、

「あ、それじゃあうちもお願いします！」「俺もぜひ沙羅様と！」「私もなにとぞ！」

近くで聞いていた他の新入生や保護者たちが、こぞってサラとの写真撮影を願い出てきた。

沢良小学校とは別の小学校出身の生徒や保護者たちは「誰あの子？」「芸能人？」「まさかどっかのお姫様とか？」と不思議そうな顔をしている。

「うむ、よいぞ。妾《わらわ》との写真を希望する者はそこに並ぶがよい」

サラが言って、寺澤親子と一緒に入学式の看板の前に向かう。

「ウェーイ！」

呆気《あっけ》にとられている惣助に向かって満面の笑みを浮かべてピースするサラ。

「あ、あー……、じゃあ、撮りまーす……」

かくして突然、草薙沙羅様の写真撮影会が始まり、惣助は流れでその撮影係をする羽目になってしまった。

（俺、もしかして学校の職員かなんかだと思われてないか……？）

ごく当然のように人々にカメラを預けられ、そんな疑問を抱《いだ》く惣助だった。

受付の終了時間が迫り中学の教員がストップさせるまで、サラの撮影会は続き——惣助は自分とサラの写真を撮り損ねてしまったのだった。

4月7日　10時36分

沢良中学校二年二組の教室。

休み時間、永縄友奈《ながなわゆな》は今日から一年を過ごすことになるこの教室の窓際の席で、一人ぼんやりグラウンドを見ていた。

友奈《ゆな》は一年生のとき、クールだが意外と面倒見のいい優等生として通っていた。また、ごく一部の生徒には、トラブルに強い探偵少女としても知られている。

しかしクラス替えで一年のとき交流があったほとんどの生徒と別のクラスになり、友奈に積極的に話しかけてくる者は誰もいない。

また、今日は始業式のあとホームルームで恒例の自己紹介タイムがあったのだが、転校時にやらかした友奈は絶対に感情を爆発させないよう注意するあまり、必要以上に素っ気なく冷たい声で自己紹介してしまった。これも誰も話しかけてこない原因の一つだろう。

（サラは今頃入学式かー。……オジサンも来てるのかな？　スーツとか着てるのかな……）

友奈が惣助《そうすけ》のスーツ姿を想像していると、

「そういやさ、今年の新入生にスゴい子がおるんやって」

「スゴいってなにが？」

近くの席でそんな会話が聞こえてきた。

「知らんけど、なんか超スゴいんやって」

「あたしも聞いたことある。なんか沢良《さわら》小の生徒全員下僕にしてたって」

「なにそれ？　バンチョーってやつ？」

「多分そうなんやね？　なんかヤバすぎて先生も親もそいつに逆らえんかったって」

「あははっ、なんやそれ盛りすぎやろー」

（……同意）

サラから小学校の話はたまに聞いていたが、そんなヤバい奴がいるなど聞いたことがない。と、そこで話を聞いていた別の生徒が口を挟む。

「いや、その話マジやぞ。うちの弟が沢良小なんやけど、マジで女王様みたいなのがおるって言っとった」

「女王？　そいつ女子なの？」

「ああ。誰もがひれ伏し崇《あが》め奉《たてまつ》る沢良小の絶対王者——名前はたしか、草薙《くさなぎ》沙羅《さら》やったっけ」

「……!?　ゲホッ、ゲホッ！」

驚いて噎《む》せてしまった友奈に、周りの生徒が訝《いぶか》しげな眼差《まなざ》しを向けた。

友奈は顔を赤らめつつ、机に突っ伏して誤魔化《ごまか》す。

（サラ……アンタどんな小学校生活送ってきたのよ……）

4月8日　8時25分

入学式の翌日、いよいよサラの中学校生活が本格的に幕を開けた。

サラのクラスは一年三組、出席番号は七番。

朝のショートホームルームにて出欠代わりの自己紹介タイムが始まり、

「草薙沙羅《くさなぎさら》じゃ。卒業したのは沢良《さわら》小学校じゃが、ゆえあって三ヶ月ほどしか通っておらんかったので、皆が小学校の六年間で身につけたことが出来ぬこともある。具体的には鉄棒とかダンスとか水泳とかサッパリじゃが、これは決して妾《わらわ》がウンチというわけではないのじゃ」

「沙羅様、誰に言い訳してるんですか！」

同じクラスとなったサラの家臣、安永弥生《やすながやよい》がツッコみ、沢良小出身の生徒たちの間でどっと笑いが起きる。

と、そこへ、

「ハッ、『妾』とか『のじゃ』とか、キャラ作りすぎだろ。いてーんだよ」

サラの近くの席から冷笑的な言葉が投げられた。

言ったのは沢良小学校出身ではない、少しヤンキーっぽい女子生徒だった。沢良中学校には沢良小学校と沢良西小学校という二つの小学校から生徒が進学してきており、クラスの半数の生徒はまだサラのことを知らないのだ。

「ああん？　沙羅様のお言葉遣いにケチつけようってのか？」

沢良出身の男子生徒がいきり立つのをサラは「よい」と制止し、女子生徒に向かって、

「かになぁ沼田涼子《ぬまたりようこ》さぁ。こいやおりの国言葉やもんでどむならんのやさぁ。もぉしういな

ぁわりぃとさべるときゃあ飛騨弁《ひだべん》さべるでゆるいてくりょ（訳：ごめんなさい沼田涼子さん。これが私の方言なのでどうにもなりません。もし不快でしたらあなたと話すときは飛騨弁にしますので許してください）。……そなたが十歳まで住んでおった奥飛騨《おくひだ》の方言で喋《しゃべ》ってみたぞよ。アクセントまで合っとるかは知らんけど」

女子生徒――沼田は愕然《がくぜん》としてサラを見つめる。

「し、死んだひいばーちゃんとおんなじ喋り方だ……！」

「すげえええ！　沙羅様は異世界の言語にまで精通しておられるんだー！」

「異世界じゃねえし！　飛騨ディスってんのかテメエ！」

歓声を上げた男子生徒に沼田は凄《すご》んだあと、

「つーか、なんでうちが飛騨に住んでたこと知ってんだよ!?　そもそもまだ自己紹介してねーのに名前も！」

「妾の父上とおじいちゃん、探偵をやっておって、新一年生の名前と顔と家族構成と小学校のときの通信簿は調査済みなのじゃ」

「マジかよ……」

愕然とする沼田にサラは微笑《ほほえ》み、それからクラスを見渡して、

「皆も妾の方言についてはできれば気にせんでもらいたい。これから一年、同じクラスの仲間として仲良くやってゆこうぞ」

サラの言葉に異を唱える生徒は誰もいなかった。

4月8日　8時45分

入学一日目で色々決めることがあるため、一限目もホームルームの時間が続いた。

決めるのは学級委員を始めとする各委員会と、教科ごとの係である。

「はい、じゃあまずは学級委員から決めます。男女一名ずつ、誰か立候補はいますか？」

担任教師の岩田千日等《いわたちから》（三十一歳男性）が生徒たちに訊《たず》ねた。しかし手を挙げる生徒は一人もいない。

立候補がいないときは小学校で学級委員や児童会長などリーダー経験のある生徒に任せるのが鉄板なので、

「あー、じゃあ先生が指名します。男子は諧空良《かのおそら》さん。女子は安永弥生《やすながやよい》さん。二人は小学校で学級委員と児童会長だったそうですね。学級委員、引き受けてもらえませんか」

「オレはべつにいいっすよー」

指名された諧は軽い調子で頷《うなず》いた。

しかし安永のほうは、ぶんぶんと激しく首を振り、

「私ごときが沙羅《さら》様を差し置いて学級委員になるなんて恐れ多いです！　クラスのリーダーは沙羅様こそ相応《ふさわ》しいです！」

「お、おう、そうか……」

岩田はチラリと、金髪の少女に視線を向ける。

（沙羅様……草薙《くさなぎ》沙羅、ねえ……）

中学校には、小学校から入学してくる生徒たちの資料が送られてくるのだが、一際異彩を放っていたのが草薙沙羅のものだった。

どう考えても複雑な事情を抱えているにもかかわらず、六年生の十二月に入学してくるまでの経歴は非常に簡素でほとんど何もわからない。

通信簿は六年の三学期のものだけだが全項目に◎が付いており、担任教師のコメントは「この学校に入学してくださってありがとうございました。あなたの小学生時代ただ一人の担任になれたことは、我が教師人生で最高の栄誉です。どうか中学生になっても民をお導きくださ い」という、褒《ほ》めるを通り越してもはや崇拝しているかのような内容だった。

（民て）

正直担任の悪ふざけかと思ったくらいだが、朝の自己紹介における様子を見ると、規格外な生徒であることは間違いないらしい。

「あー、じゃあ、推薦された草薙さん。どうですか？　学級委員」

するとd沙羅《さら》は、

「ほむ。学級委員というのは何をする仕事なのじゃ？」

「ええと、クラス会のときの司会進行とか、先生の伝言をクラスに伝えたりとか、学校行事のとき色々手伝ってもらったりとかですね」

説明を聞いた沙羅は少し考える素振りを見せ、

「うーむ……あんまり面白そうじゃないのう。弥生《やよい》よ、学級委員はそなたに任せる」

「イエス！　マイロード！」

安永《やすなが》弥生が即答し、女子の学級委員は彼女に決まった。

さっそく司会進行役が岩田《いわた》から学級委員の二人に移り、

「それじゃあ、それぞれ希望する委員か係を紙に書いてください」

諧《かのお》が黒板に役職名を書き、弥生が用紙を配る。

希望する役職を書いて提出し、希望者が規定人数（一人か二人）以内ならそのまま決定。規定人数を超える希望者がいた場合はじゃんけんで、負けたほうは他の役職に回される。

委員の種類は、図書委員、美化委員、保健委員、飼育委員、給食委員、放送委員、体育委員、新聞委員、合唱委員、旅行委員、演劇委員。

そして各授業のとき教師の手伝いをする、国語係、数学係、英語係、理科係、地理・歴史係、公民係、音楽係、美術係、保険体育係、技術・家庭科係、道徳係、プログラミング係。

用紙が配られたあとも、なかなか生徒たちは書き始めなかった。そして多くの生徒は、チラチラと沙羅の様子をうかがっている。委員の多くは人数が二人なので、同じ委員になることを狙っているのかもしれない。

「あの！　沙羅様はどの委員会をご希望なんすか？」

近くの席の男子生徒が思い切った様子で訊《たず》ねると、沙羅は真剣な顔で、

「うーむ、悩むのう……。図書委員になって自分が読みたい本を入れるのも良いし、美化委員になって校内を妾《わらわ》好みに飾るのも良いし、飼育委員になってウサギさんのお世話もしたいし、給食委員になって余ったデザートをこっそりガメるのも良いし、放送委員になってお昼にアニソンを流すのにも憧れるし、新聞委員として校内の世論を操るのも面白そうじゃ。ハッ！もしや体育委員ならば仕事にかこつけて試合とかサボれるのでは!?　あ、ちなみに合唱委員と演劇委員とはなんぞや？」

「合唱委員ってのは、クラスで合唱するときの仕切りとかするるっす。演劇委員ってのは、この学校、演劇祭ってのがあるんすよ。それの準備とかする仕事っすね」

「なるほど、文化祭実行委員のようなものじゃな」

「うっす」

「演劇委員と旅行委員はピンポイントでしか仕事がなくて楽そうじゃの。それはそれで他のことに時間を使えるのでアリじゃな……。ううむ、これは難しい……」

ますます考え込む沙羅《さら》。そこで岩田《いわた》は口を挟む。

「ええと、いろいろやってみたいなら役職なしという選択もありますよ」

「なんと？」

目を丸くして聞き返す沙羅に、

「役職が全部埋まっても、何人か余るので。役職のない生徒は必要に応じて他の委員や係のヘルプに回ってもらいます。多分、普通に委員をやるより忙しいです」

「なるほど！　では妾《わらわ》は無職のお助けマンを希望するぞよ！」

沙羅がそう表明したことで、他の生徒たちは紙に希望の役職を書き始める。

用紙が回収されると役職はスムーズに決まっていき、沙羅は希望どおり無職のお助けマンに就任したのだった。

4月8日　15時32分

すべての授業とショートホームルームが終わり、永縄友奈《ながなわゆな》が帰り支度《じたく》をして机をつっていると、

「ゆーなーちゃーん！　あーそーぼー！」

そんなよく通る元気な声が二年二組の教室中に響いた。

ぎょっとして動きを止める友奈。

見れば教室の入り口で、サラが手を振っている。

「ねえ、あの子が噂の……」「なんかスゲーって新入生？」「多分。金髪やし」「でもめっちゃ可愛《かわい》いよ？」「ほんとに番長なん？」

ざわつく教室。

サラはというと上級生の教室に一人でやってきたというのに一切物怖《ものお》じした様子もなく、

「ゆーなーちゃーん！」

教室の端にいる友奈に届くよう大声で呼びかけるサラに、友奈は顔を真っ赤にしながら急いで机をつり、サラへと駆け寄って頭をはたく。

「いだっ！　なにをするのじゃ」

抗議してきたサラを睨《にら》み、

「誰が友奈ちゃんよ。アンタ今までそんなふうに呼んだことないでしょうが」

「うむ。恥ずかしがる友奈が見たいと思って」

「嫌がらせか」

悪びれた様子もなく「てへぺろ！」と舌を出すサラに、チョップを食らわす。

「いだっ！」

　涙目になるサラに嘆息し、

「……それじゃ、行こっか」

「うむ！」

「ハァ……アタシは部活やる気ないんだけどな」

　友奈《ゆな》は今日の放課後、サラと一緒に部活を見学する約束をしていた。

　二年生から部活を始めるというのはあまり気乗りしないのだが、サラと一緒ならアリかなと思う。

「じゃあまずどこ行く？」

「eスポーツ部！」

「え、でもアンタザコじゃん大丈夫？」

「ざ、ザコじゃと……!?」

「だってスプラもスマブラも弱いしモンハンも下手だし」

「あ、あれは妾《わらわ》の思考速度に指が追いつかんだけじゃ！　純粋な頭脳のみの勝負なら誰にも負けはせぬ！」

「だったら将棋部とかにすれば？」

「えー、地味。……ちゅうか、モンハンはべつに下手じゃなくない？　ランク100以上いっとるし」

「下手だって。アタシとオジサンが介護してあげないとすぐ乙るじゃん」

「まじかや」

そんな会話をしながら、サラと一緒に歩いていく友奈。

二年生の生徒たちの間で、「永縄《ながなわ》友奈が二年の教室に乗り込んできた沢良《さわら》小の絶対王者を殴って黙らせた」とか「一年の最強番長をクソザコ扱い」とかいう噂が広まるまで、それほど時間はかからなかった――。


……ちなみに東海地方では机を持ち上げて移動させることを「机をつる」と言います。厳密には「何かを持ち上げて移動させる」ことを「つる」と言うのですが、なぜか机以外に使われることはほぼなく、たとえば椅子やタンスなどは普通に「運ぶ」と言います意味がわからん。みんなも机をつるとき使ってみてね。

CHARACTERS

SALAD BOWL OF ECCENTRICS

NAME さら

ジョブ:中学生 NEW
アライメント:中立／混沌

STATUS

体力: 35
筋力: 17
知力: 97
精神力: 83
魔力: 95
敏捷性: 36
器用さ: 42
魅力: 92 NEW
運: 86
コミュ力: 74 NEW

博徒女騎士

4月10日 12時17分

望愛《のあ》が起訴されて十日。

リヴィアはラーメン屋でベトコンラーメンを食べていた。

ここ岐阜県岐阜市を発祥とする（愛知県一宮《いちのみや》市発祥という説もある）ラーメンで、麵の上には唐辛子で辛く味付けされたニラ、もやし、ニンニクの野菜炒めがこんもりと盛られている。

「ハフ、ハフ……！」

熱さをものともせず、麵と野菜とニンニクを豪快に搔《か》っ込む。

味噌《みそ》味のスープがよく絡んだ麵の旨《うま》さ、野菜の心地よい食感と旨味《うまみ》、唐辛子の辛さ、ニンニクの強烈な風味が口いっぱいに広がり、身体《からだ》がかあっと熱くなる。

この世界に転移してきて以来、いろんな店でいろんなラーメンを食べ歩いてきたが、このベトコンラーメンは食べると元気が出てくるので特にお気に入りだった。

ちなみにベトコンとは「ベストコンディション」という意味である。店員さんに直接訊《き》いたので間違いないはずだが、もし引っかかるなら自分で調べてみよう。

「相変わらずいい食いっぷりだねーリヴィアちゃん」

隣の席にやってきた男に声を掛けられ、リヴィアは警戒の視線を向ける。

リヴィアは現在、帽子を目深にかぶりサングラスをかけている。今は食事中なので外しているが、普段はマスクもしている。

望愛《のあ》が逮捕されたニュースでたびたび救世グラスホッパーのライブ映像がテレビで流れ、リヴィアの顔を知る者が増えてしまったからだ。

「……タケオ殿でしたか」

安堵《あんど》するリヴィア。

変装を見破って声をかけてきたのは、もはや腐れ縁となりつつあるチンピラのタケオだった。ラーメン屋にパチンコ競馬競輪と、リヴィアと行動範囲が重なっているらしく、たまにこうして遭遇することがある。

「チャーシュー麵、麵大盛りでおねしゃーす!」

タケオは軽薄な調子で注文したあと、

「リヴィアちゃん最近調子どう? 勝ってる?」

「……ギャンブルですか? 実は今月に入ってから何もやっていないのです」

「え、競馬も競輪も?」

「はい」

「パチンコも？」

「やっていません」

リヴィアの答えにタケオは驚いた顔をする。

「そんな……！　日夜ギャンブルに明け暮れてた勝負師のリヴィアちゃんはどこに行っちゃったのさ？」

「に、日夜明け暮れていたことなどありません！」

タケオの言葉を否定しつつ、

「実は弁護士殿から、しばらく目立つことは控えろと言われておりまして」

警察署で望愛と面会した日、バイトに向かった明日美《あすみ》と別れたあと、帰り道で見かけたパチンコ屋にフラッと入って遊んだのだが、そのときの姿を誰かに写真に撮られSNSにアップされたのだ。

その投稿が拡散され、『インサイダーで逮捕されたガールズバンドのメンバー、パチンカスだったwwwwwww』などとまとめサイトなどでも取り上げられ、軽く炎上してしまった（パチンコ愛好家たちからは『むしろ推せる！』という声もあったのだが少数派だ）。

別に悪いことをしたわけではないのだが、それを知った弁護士のブレンダから「バンドメンバーの素行が望愛に対する心証に影響する可能性があるので、裁判が終わるまで騒がれるようなことはしないように」と注意された。

「そっかー。なんか大変そうだねー」

「ええ……」

リヴィアは頷《うなず》き、深々とため息を吐く。

通常、刑事事件で起訴されてから最初の裁判が開かれるまでには、一ヶ月から二ヶ月ほどかかるという。

ほんの数ヶ月ギャンブルを我慢することくらい簡単だと思っていたのだが、それは大きな勘違いだった。

リヴィアにとってギャンブルは既《すで》に生活の一部となっており、救世グラスホッパーの全国ツアー中ですら、合間を縫って各地のパチンコ店や競馬場に行っていたほどなのだ。

弁護士にギャンブルを禁止されてまだ十日だが、リヴィアの心と体は早くもギャンブルに飢えていた。

「はぁ～～～………ギャンブルがしたい……」

そんなクズ丸出しの台詞《せりふ》を聞いたタケオは、

「人目につかなきゃいいんだよね？　だったらいいところがあるよ！」

同じくクズっぽい軽薄な笑みを浮かべてそう言った。

4月10日　19時26分

夜になり、リヴィアはタケオと待ち合わせ、「いいところ」とやらに向かう。

二人が歩いているのは寂れた商店街で、ほとんどの店がシャッターを下ろしている。

「こっちだよ」

タケオは閉まった店の横道に入っていき、建物の勝手口のドアを三回素早く叩《たた》いたあと、少し間を空けてさらに二回叩いた。

すると鍵が外れる音がして、ドアが開かれた。

ドアの先にいたのは黒服を着た屈強そうな大男。

「へへ、どもっす」

タケオが男に軽く頭を下げ、リヴィアもタケオに続いて中に入る。

数メートルほどの狭い廊下の先には下り階段があり、そこを降りると扉が見えた。扉の前にはまたも黒服のゴツい男が立っており、タケオとリヴィアが近づくと無言で扉を開ける。

その扉の先には広いフロアがあった。

フロア内には六畳の小上がりがいくつか配置され、その上で十人くらいの人間が集まって何かをやっており、あちこちから「さあ張った張った！」「丁！」「半方ないか!?　半方ないか!?」「半!」といった威勢の良い声、そして悲鳴や歓声が聞こえてくる。

「タケオ殿、ここは?」

「鉄火場だよ」

「鉄火場?」

聞き返すリヴィアに、

「なんていうか、秘密のギャンブル場ってとこかな。この場所のことやここで見たこと聞いたことを外で話すのは御法度《ごはっと》だから、人目を気にせず遊べるよ」

「なるほど。で、どのように遊ぶのですか?」

「丁半ってゲーム知ってる?」

「いえ、知りません」

首を振るリヴィアにタケオが説明する。

「サイコロを二つ振って、出た目の合計が偶数か奇数か賭《か》けるんだよ。偶数なら丁、奇数なら半」

「それだけですか?」

「うん。ああ、あとはピンゾロの丁——どっちも一のときと、イチロクの半のときはどっちに賭けても負けになるよ」

「うーん……」

いくらなんでもシンプルすぎて面白みに欠ける印象だった。パチンコのように機械を使った派手な演出が楽しめるわけでもなさそうだし。

「単純だからこそ余計なものが何もない純粋な勝負って感じでアツいんだよ。丁半をやらずに勝負師は名乗れないね」

「そういうものですか」

あまり気乗りしないがとりあえず試してみることにする。

まずは入り口近くにある交換所で木札を十枚購入。賭けるときは現金ではなくこの木札を使うらしい。

木札には一枚千円の青札と一万円の赤札があり、場によって一度に賭けるレートが異なる。リヴィアとタケオが買ったのは千円のものだ。

木札は現金に換えることもでき、ゲームに勝って木札を増やしてから現金化すれば儲《もう》かるという仕組みである。

木札を購入するときには一割の手数料がかかり、これが鉄火場の開催者の収入となる。

（たしか日本では競馬競輪競艇オートレース以外の賭け事は違法なのでしたね。直接現金を賭けないのはパチンコの三店方式と同じように法の抜け道を通るためなのでしょう）

リヴィアはそう推測した——のだがこれはもちろん間違っており、ここは言い逃れの余地なき純然たる違法賭場《とば》である。

リヴィアとタケオは、とりあえず一番レートが低い一回青札一枚の場に入った。

客の数は二人を入れて十人。

年齢や格好はバラバラで、サラリーマン風の男もいれば、チンピラ然とした男や、派手な格好をした水商売風の女もいる。

「ハイ、ツボ!」

上半身裸で腹にサラシを巻いた、『中盆《なかぼん》』と呼ばれる審判兼進行役の男がそう言うと、

「ハイ、ツボをかぶります」

その向かい側に座った、『ツボ振り』と呼ばれる着物の片方を肩まではだけた女が、二つのサイコロを指の間に挟んでリヴィアたち客に見せたあと、茶碗くらいの大きさのツボにサイコロを投げ入れ、ツボを伏せる。

「さぁさぁ丁半張った張った!」

中盆がそう叫ぶと、客たちが賭《か》けを始める。

「丁!」「半!」「半!」

ツボ振りの手前側に木札を置けば丁(偶数)に、中盆の手前側に置けば半(奇数)に賭けたことになる。

「さぁどっちもどっちも! どっちもどっちも! 丁方ないか!? 丁方ないか!?」

丁と半、均等に賭けられなければ勝負が成立しないため、中盆は場を見ながら「丁方ないか」

「半方ないか」という具合に、置かれた木札が少ない方に賭けるよう促す。

出目が奇数になる確率と偶数になる確率は半々で、考えても仕方ないのでリヴィアは己の勘のみを頼りに、「丁！」と叫んで木札をツボ振りの手前に置く。

タケオは奇数に賭け、他の客もすべて賭け終わると、

「コマが揃《そろ》いました」

中盆が緊迫感のある声音《こわね》で言って、少し溜《た》めたあと、

「勝負!!」

その声と同時にツボ振りがツボを持ち上げる。

出てきたサイコロの目は⚂と⚅。

「サブロクの半！」

「っしゃあっ！」

的中したタケオと他の客が歓声を上げ、リヴィアは「クッ……！」と呻《うめ》いた。

場に出された木札が、半に賭けた客に二枚ずつ渡される。

「へへ、悪いねリヴィアちゃん」

「クッ、次は当ててみせます！」

木札を受け取ってほくそ笑むタケオに、リヴィアは闘志を燃やし二回戦目に挑むのだった。

（たしかに、単純ですがなかなか熱い遊びですね……！）

客たちの熱気を、中盆《なかぼん》の威勢のいい口上がさらに盛り上げ、ツボ振りの鮮やかな手つきも見《み》物《もの》である。なにより、同じ場にいる他の客と勝負しているという感覚が、パチンコや競馬にはない面白さだった。

勝ったり負けたりを繰り返しながら、あっという間に丁半博打にのめり込んでいくリヴィアだったが、

（……ふむ、これは……）

何度か勝負を続けているうちにふと気づく。

ツボ振りがサイコロをツボに投げ入れる一瞬、リヴィアの超人的動体視力をもってすれば、ツボに入る瞬間のサイコロの目を認識することが可能なのだ。

さらにリヴィアの聴覚を総動員すれば、ツボの中でサイコロがどのようにぶつかったかも把握できる。

（放り込まれた瞬間の目は⚃と⚄、それがあの角度でぶつかったのなら――今上になっている目は⚀と⚂？）

「さあ張った張った！」

「丁！」

賭《か》けが始まるが早いか、リヴィアは自分の目と耳を信じて偶数に賭ける。

しかして結果は、

「サンイチの丁！」

「よしっ！」

リヴィアの見たとおりの結果となり、小さく歓声を上げる。

（出目がわかればこちらのものです！）

それからリヴィアは連勝を続けた。

「ヒャー、リヴィアちゃんバカヅキじゃん！」

タケオが羨《うらや》ましそうに言った。

出目がわかっているゲームは果たしてギャンブルなのだろうかという疑問が頭をよぎるが、競馬だって競輪だって情報収集と分析が勝利に繋《つな》がるのだ。

（ツボの中が透けて見えているわけではありませんし、手に入れた情報をもとに出目を予想することに、何の問題があるでしょうか。いえありません！）

木札が二十枚を超えたところでリヴィアはいったん切り上げ、交換所で現金に換えた。一万千円が二万円に増えたことに喜びを覚えつつ、

（これまでギャンブルで浪費してしまった望愛《のあ》殿からのお小遣い、ここで一気に取り戻させていただきます）

受け取った二万円と財布に入っていた五万円をすべて一枚一万円の赤札に換え、リヴィアは一回赤札一枚の場へと上がる。

「若いネェちゃんが来るとは珍しいなあ」

リヴィアを見た客の一人――指や首にじゃらじゃらと金ピカのアクセサリーをつけたコワモテの中年が愉快そうに言った。

若い客の多かった青札一枚の場とは明らかに客層が違い、他の客も裕福そうな身なりの者ばかりだ。

「ここは赤札やぞ？　わかっとるか？」

「無論です」

別の客に訊《き》かれ、リヴィアは手にした赤札を見せた。

「では始めさせていただきます」

中盆《なかぼん》の男が宣言し、

「ハイ、ツボ！」

「ハイ、ツボをかぶります」

ツボ振りの女がサイコロをツボに投げ入れる。

無論リヴィアの眼はしっかりとサイコロの目を捉えていた。

（⚁と⚀！）

「さあ張った張った！」

「半！」

「おお、ネェちゃん早いねえ」

真っ先に木札を置いたリヴィアに、客の男たちが楽しげに笑う。

他の客も賭《か》け終わり、ツボ振りがツボを持ち上げる。

「イチニの半！」

目はリヴィアの予想したとおりであった。

それからもリヴィアは勝ち続け、五回連続で勝利を収めたところで、

「ネェちゃんホントにツイとるな！　出目がわかっとるんやないか？」

客の言葉に内心ドキッとしつつも、「はは、そんなまさか」と誤魔化《ごまか》すリヴィア。

「よっしゃ、次はワシもネェちゃんの強運に乗らせてもらうで！」

そう言って、客の一人がリヴィアと同じほうに賭けた。

リヴィアが勝利し、便乗した客が「ガハハ！　やっぱりネェちゃんを信じて正解やったわ！」と喜ぶ。

「この流れには乗らんとな！」

次の勝負ではまた別の客が二人、リヴィアの賭けたほうに乗って勝利。

その次の勝負では、さらに別の客もリヴィアと同じほうに賭けるようになり、木札が丁側に大きく偏ってしまった。

「半方ないか⁉　半方ないか⁉」

中盆《なかぼん》が半への賭けを促すも、木札を置く者は誰もいない。

賭けが丁半どちらかに偏って、多く賭けられたほうの出目が出た場合、足りない木札は胴元が補填《ほてん》することになる。

「……勝負！」

中盆が苦い顔をして言い、ツボ振りがツボを上げる。

結果は⚃⚃の丁で、木札が二枚ずつリヴィアおよびリヴィアに乗っかった客たちへと配布される。

と、そこで中盆がなにやらツボ振りに目配せした。

少し不審に思うも、続けて勝負に挑むリヴィア。

(目は⚀と⚄ですね)

「丁！」

しかし結果は、

「ピンゾロの丁！」

「な……!?」

出目が⚀⚀の場合、どちらに賭けても負けとなってしまう。

「あー、ここでピンゾロかー！　残念やったなネェちゃん」

「え、ええ……」

気を取り直して次の勝負に挑むと、リヴィアが予想したとおりの目が出た。

(……まあ、たまには見間違うこともあるでしょう)

そう納得して勝負を続けるリヴィアだったが、それ以降、たびたびリヴィアの予想に反する目が出ることが多くなった。

これはおかしいと思い、神経を研ぎ澄ましてツボが振られたときの音を聞き比べてみると、リヴィアの予想どおりになる場合とならない場合とで、ほんの僅《わず》かだがサイコロがツボに当ったときの反響音が違うことに気づいた。

「サイコロの重さが違う……?」

リヴィアが思いついたことをぽつりと呟《つぶや》くと、中盆《なかぼん》とツボ振りの顔に緊張が走った。

「……お客さん……うちがイカサマしてると仰《おっしゃ》るんですかい?」

中盆の言葉にリヴィアは驚き、

「え? いえ、べつにそういうわけでは。ただその、出来ればサイコロを確認させていただければ……」

と、そこで、

「……お客様。申し訳ありませんが本日はお帰り願えますか」

野太い声を掛けられて振り向くと、後ろにスーツにサングラス姿のゴツい男が二人立っていた。

「帰れと？　なぜですか？」

「他のお客様のご迷惑になりますので」

そう言って男は威圧するように肩を鳴らした。

それで怯《ひる》むリヴィアではなかったが、弁護士に騒がれるようなことはするなと言われたことを思い出し、

「……わかりました」

釈然としないが仕方なく従うことにして、リヴィアは小上がりから下りた。

場内を見回してタケオを探すが、彼の姿はどこにも見当たらない。

まあいいかと思い、まずは交換所へ行き木札を現金に換える。その間も、二人の黒服はずっとリヴィアの後ろにいた。

換金を終えてフロアを出ても、二人はなぜかついてくる。

「……さすがにここまでついてくる必要はないのでは？」

結局建物の外にまでついてきた二人にそう言うと、彼らは口を笑みの形に歪《ゆが》め、通りへの道を塞《ふさ》ぐように立った。

「いやあ……外であることないこと言いふらされると困るんでね」

「刃向かう気が起きないよう、ちょいと保険を掛けさせてもらうぜ」

「保険、ですか？」

小首を傾《かし》げるリヴィアに、下卑《げび》た笑みを浮かべる男。

具体的に何をするつもりなのかは知らないが、恐らく暴力で心を折るか、裸に剝《む》いていかがわしい動画でも撮るつもりだろう。

（騒ぎを起こすなと言われても、この場合は不可抗力ですよね？　……彼らが自分から警察を呼んだりすることはなさそうですし……）

リヴィアは冷静に考え、

「ここだとお客さんが来るかもしれませんし、もう少し人気《ひとけ》のない場所に行きませんか？」

「なにい？」

「自分からそれ言い出すのか……？」

男たちは戸惑った様子で顔を見合わせたのち、「……ついてこい」と建物の裏側へとリヴィアを連れて行った。

そして。


バギッ！　ドゴッ！　ボギッ！　ドフッ！　ゴキッ！　グキッ！　ボガッ！　ボゴォッ！


「ぐ、ぐぇぇ……」

「ば、化け物か……」

人気のない路地裏で襲ってきた二人を秒殺するリヴィア。

「化け物とは失礼な」

こちらの世界の人間にしてはそこそこ鍛えており戦闘慣れしているようだったが、本物の戦場を生き抜いてきたリヴィアの敵ではなかった。

「骨は何本か折れているかもしれませんが、治療の必要はありませんね？　某《それがし》のことはどうか他言無用でお願いします」

意識を失いつつある男たちにそう告げると、リヴィアは悠々とその場を離れた。

（鉄火場……なかなか楽しい場所だったのですが……さすがにもう入れませんね）

少し残念に思いつつ、夜の街を歩いて行くリヴィアだった――。

CHARACTERS

SALAD BOWL
OF
ECCENTRICS

リヴィア NAME

ジョブ:ギャンブラー NEW
アライメント:中立 NEW ／中庸

STATUS

体力:	100
筋力:	100
知力:	25 NEW
精神力:	87 NEW
魔力:	19
敏捷性:	100
器用さ:	76
魅力:	98
運:	18
コミュ力:	41

姫とヤンキー

4月12日　13時5分

入学して早々、草薙沙羅《くさなぎさら》というすごい一年生の噂はあっという間に全校に広がった。

そして噂を知った者の中には、目立つ生徒の存在を快く思わない者もそれなりにいる。

「このクラスに草薙沙羅ってヤツいる?」

昼休み、サラが教室で友人たちと遊んでいると、五人の女子生徒が教室に入ってきてそう言った。全員髪を染めて制服を着崩しており、見るからに不良っぽい。

胸元の校章の色は黄色——三年生である。

沢良《さわら》中の校章の色は三年間固定のスライド式で、黄色が現三年、赤が現二年、緑が現一年生となっている。

「妾《わらわ》じゃが」

サラが素直に立ち上がって名乗り出る。

「ちょっと話あんだけど。顔貸してくれる?」

「ハハーン、さては上級生による呼び出しというやつじゃな?　古めの少女漫画でたまに見かける展開じゃが、ちゃんと令和にも残っておったのじゃな」

楽しげに言うサラに、上級生たちは不快そうに顔をしかめる。

「あんたナメてんの？」

「ナメてなどおらぬ。古式ゆかしき風習を守るそなたらにむしろ感心しておるくらいじゃが、気に障ったのなら謝るぞよ」

「チッ、いいからついてきなよ」

「よかろう」

「あの、沙羅《さら》様！」

上級生に促されるまま歩き出したサラを、家臣の安永弥生《やすながやよい》が心配そうに呼び止める。

「大丈夫じゃ。そなたらは気にせず遊んでおるがよい」

「イエス！　マイロード！　……それじゃあ続けるよー。古今東西、岐阜バスのバス停！」

「金園町《かなぞのちょう》9丁目！」

「うかいミュージアム前！」

「岐阜公園歴史博物館前！」

「徹明通《てつめいどおり》6丁目！」

「な、なんなのコイツら……」

サラに言われたとおり本当にサラのことを気にせず古今東西ゲームを始めてしまった弥生た

ちに、上級生たちは不気味そうな顔をするのだった。

「と、とにかく行くよ！」

そうして上級生たちがサラを連れていったのは、体育館の裏側だった。

「で、話とはなんじゃ？」

サラが訊《たず》ねると、上級生の一人がサラを威圧するように睨《にら》み、

「あんた、一年のくせにチョーシこきすぎなんだよ」

睨まれたサラは微塵《みじん》も動じた様子もなく、

「なるほど。最上級生になってようやく自分たちの天下が来たと思っておったのに、ポッと出の新入生がおのれらより目立っておるのが気に入らんというわけじゃな？」

「お、おう。そうだよ。そういうことだよ」

「テメエ頭いいな……」

サラの言葉を素直に認める上級生たち。

サラは微苦笑を浮かべ、

「とはいえ妾《わらわ》も、べつに目立ちたくて目立っておるわけではないからのう。できれば平穏な生活を送りたいのじゃが、普通に生活しておるだけでなぜか目立ってしまうのじゃよ。妾、またなにかやっちゃいました？」

「チッ、あんたほんと生意気だね」

「こりゃちょっとヤキ入れるしかねーな」

「おお！　ヤキ入れ！　漫画で見たやつ！」

サラは目を輝かせ、

「殴るのであれば痕《あと》が見えぬよう顔は避けるのじゃぞ。それと、やると決めたならちょっとヤキ入れるのではなく心が折れるまで徹底的に痛めつけることじゃ。敵意や憎悪《ぞうお》を残しては相手の報復を招く可能性があるゆえ」

「お、おい、こいつなんかコエーよ……」

「だ、だからそういうのが生意気だっつってんだろ！」

叫び、上級生の一人が摑《つか》みかかろうと迫る。

しかしその手がサラに届くことはなく、彼女は急にその場で崩れ落ちた。

「ごふっ⁉」

「……もっとも、そなたらは妾《わらわ》に触れることすらかなわぬのじゃが」

サラがからかうように微笑《ほほえ》む。

「お、おい、どうしたんだよ⁉」

「な、なんかいきなり腹にすげえ衝撃がきて……」

崩れ落ちた上級生が、怯《おび》えを含んだ眼差《まなざ》しでサラを見て答えた。

「くそがっ！」

別の上級生がサラに摑みかかろうとした。しかし彼女も、まるで急に横から強い衝撃を受けたかのようにバランスを崩してすっ転んだ。

「うわっと、えっ、え……!?」

なにが起きたのかわからず目を白黒させる上級生。

「な、なにしやがったテメエ！」

「実は妾、中国拳法が使えるのじゃ。あちょー！」

そう言ってサラが腕を突き出すと、立っていた上級生の一人が尻餅《しりもち》をついた。

「な、なんだよこれ!?」

「いわゆる《気》じゃな」

「キ!?　キってなんだよ!?」

「アタシ知ってる！　お兄ちゃんが持ってるマンガに出てきた！」

サラはニヤリと笑い、

「ほほう、知っておるなら話が早い。妾の《気》は海を割り山を砕く。そなたらの身体《からだ》を肉片一つ残さず消し飛ばすことも容易《たやす》いぞよ」

「くそっ、そんなもんあるわけねえ！　トリックだ！　トリックに決まってる！」

「あっ、その台詞《せりふ》もお兄ちゃんのマンガに出てきた！」

「ちくしょー！」

目に恐怖を浮かべながら襲いかかってくる上級生たちの身体《からだ》を、前後左右上下あらゆる方向から不可視の衝撃波が何度も打ち据える。

「や、やべえよ……やっぱこいつマジで《気》が使えるんだ！」

「か、勝てるわけないじゃん……」

威力こそ大したことはないが、未知の力で攻撃を受けているという恐怖は戦意をへし折るに十分であり、ほどなく上級生たちは全員立ち上がる気力すら失った。

「命までは取らぬ。妾《わらわ》の慈悲に感謝せよ」

「は、はひ……ありがとう、ございます……」

と、そこへ、

「草薙《くさなぎ》ッ！」

一人の女子生徒が、血相を変えて体育館裏へと走ってきた。

サラのクラスメートで飛騨《ひだ》地方出身のヤンキー少女、沼田《ぬまた》涼子《りようこ》であった。一年三組のほぼ全員がサラに心酔するなか、彼女は未《いま》だに一匹《いっぴき》狼《おおかみ》的な態度をとり続け、クラスでは少し浮いている。

「ほむ？　沼田涼子ではないか。どうしたのじゃ？」

「ハァ、ハァ……いや、どうしたって……」

沼田は息を切らしながら、サラと地面に倒れる上級生たちの姿を交互に見て、戸惑いの顔を浮かべる。

「トイレから戻って来たら、お前が上級生に連れてかれたっていうから……」

「おお!?　もしや心配して駆けつけてきてくれたのかや?」

目を丸くするサラに、沼田は顔を赤くして、

「や、安永《やすなが》たちは心配いらないとか言ってたけど、お前クソウンチじゃねーか。だから大丈夫なわけねーだろと思って……」

入学して最初の体育の授業で行われた、レクリエーションのドッジボールにおいて、サラは圧倒的なポンコツっぷりで皆を笑わせていた。

「かかっ、ウンチだからといって喧嘩《けんか》が弱いとは限らんのじゃよ」

沼田は再び倒れている上級生たちを一瞥《いちべつ》し、

「チッ……そうみてーだな」

舌打ちして踵《きびす》を返した沼田を、サラは呼び止める。

「待つのじゃ」

「ああ?」

振り返った沼田の目をサラはまっすぐに見つめ、

「沼田涼子殿。相手が上級生複数と知りながら、弱き者を助けるため単身駆けつけた貴殿の心意気に、妾は深く感じ入った。どうか妾と友達になってくださらぬか」

そう言って拱手《きょうしゅ》し頭を下げるサラ。

拱手とは中国の古い挨拶《あいさつ》で、右手で握った拳《こぶし》を左手で包み込むという、三国志など昔の中国を舞台にした作品で見かけるアレである。女性の場合は左右が逆になるので、サラは左手の拳を右手で包んでいる。

そんなサラを見て沼田《ぬまた》は小さく舌打ちし、

「だからいちいちキャラ作りがクドいんだよテメーは」

「友達になってくれる？」

上目遣いにじっと見つめられ、沼田は根負けしたように嘆息する。

「わかったよ……なってやる」

「ウェーイ！」

サラは喜びの色を浮かべ、跳ねるように沼田に近寄り、

「ではさっそく教室に戻って遊ぶぞよ」

「ああ？　やだよ。うちは休み時間は寝て過ごしたいんだ」

「じゃあ戻るまで遊ぼ！」

「はあ？　やだよ」

「ところで涼子《りょうこ》ちゃんって呼んでいい？」

「グイグイくるんじゃねえよ！　よくねえ」

「ハイ古今東西、高山本線《たかやまほんせん》の駅！」

「……テメーそのテーマでうちに勝てると思うなよ？　飛騨古川《ひだふるかわ》」

つい乗ってしまった沼田《ぬまた》に、サラは笑顔でリズミカルに「富山！」と返す。

「飛騨金山《ひだかなやま》」

「西富山！」

古今東西ゲームをしながら教室へと帰っていく二人。

こうしてサラに友達が一人増え——ついでに三年生の不良グループが一つ潰《つぶ》れたのだった。

中学生と探偵と部活

4月14日　18時52分

鏑矢《かぶらや》探偵事務所にて、惣助《そうすけ》とサラは夕食を食べていた。

家でロールキャベツを作って持って来てくれた友奈《ゆな》も、一緒に食卓を囲んでいる。

「うん、美味《うま》い。やっぱ大したもんだなー」

ロールキャベツを食べ、友奈を賞賛する惣助。

友奈は少し赤面し、淡々と、

「べつに。挽肉《ひきにく》丸めてキャベツで巻いて煮込むだけだし」

「俺もハンバーグなら作ったことあるんだけどな。ロールキャベツになると途端にハードル上がる感じがある」

「そこまで難易度変わらないと思うけど……」

「それに、ただ作れるだけと美味《おい》しく作れるのとじゃ雲泥の差だからな。もっと誇っていいと思うぞ」

「そ、そう？」

褒《ほ》められ、友奈《ゆな》がはにかむ。

と、そこでサラが、

「友奈は料理部相手に無双するほどの腕前じゃからな」

「無双？」

惣助《そうすけ》が聞き返すと、友奈は慌てて、

「べ、べつに無双はしてないし。ちょっと料理を教えてあげただけ」

「料理部に料理を教える……？」

「料理部に見学に行ったのじゃが、うちの料理部は料理部とは名ばかりの、放課後にお菓子を持ち寄って駄弁《だべ》っておるだけのエンジョイ勢だったのじゃ。そこで友奈が『ここで得るものは何もない』とバッサリ切り捨てたもんじゃから、怒った部員と料理勝負をすることになったのじゃ。もちろん友奈の圧勝」

サラが詳細を話し、友奈はますます顔を赤くした。

惣助は苦笑し、

「放課後友達と駄弁るのだって、それはそれで大事な時間だと思うぞ。得るものは何もないは言いすぎかな」

「うう……」

友奈が本気で凹んでいるようだったので、惣助は話題を変える。

「ところで結局、どの部に入るのかはもう決めたのか？」

サラは友奈と一緒に、入学初日から部活を見学して回っているらしい。

惣助としてはサラの青春が充実するのであればどんな部活に入ってもいいと思っているのだが、できれば金銭面や時間的に保護者の負担が大きい部活でないとありがたい。

「うーむ、大抵の文化部は見て回ったんじゃが、まだピンとくるのが見つかっておらん」

「運動部は？」

「絶対にノゥ！」

即答するサラに苦笑し、

「友奈ちゃんは？」

「アタシはサラが入らないならそもそも部活やる気ないし」

友奈はそう答えた。

「うちの部活、ガチ勢系とゆるゆる系で極端なんじゃよなー」

「あー、それはたしかに」

嘆くように言ったサラに、友奈も頷《うなず》く。

「どういう意味だ？」

「料理部みたいにまともに活動しておらん部と、ガチで大会優勝とか目指しとる部しかなくて、ほどほどに頑張りつつも一番は楽しむことという中間地点がないのじゃ」

った。

惣助《そうすけ》が通っていた中学は沢良《さわら》中ではないが、特に文化系はサラの言う中間の部が多い印象だった。

「うむ。料理部と裁縫部と書道部と文芸部と茶道部とパソコン部は実質お喋《しゃべ》りクラブのエンジョイ勢じゃったが、将棋部と華道部とeスポーツ部と吹奏楽部と演劇部はガチすぎて引くレベルじゃった」

「サラ、演劇部にスカウトされてたよね」と友奈《ゆな》。

「マジで？」

「うむ」と頷《うなず》くサラ。

「だったら入ればよかったんじゃないか？　演劇はお前に合ってる気がするぞ」

サラの容姿には圧倒的に華があり、普段の立ち居振る舞いも芝居がかっているので、舞台に立ったら映えそうだ。

するとサラは、

「妾《わらわ》もちょっとそう思ったのじゃが、毎朝体力作りのために校庭を十周しておると聞いて丁重に断った」

「そんなに走るのが嫌か……」

（こいつの運動嫌いはどうにかしたほうがいいような気がするな……）

惣助はそう思い、

「探偵やるなら体力は必須だぞ。ちょっとは鍛えろ。工藤新一《くどうしんいち》だって運動能力鍛えるためにサッカーやってただろ」

しかしサラは、

「妾はコナン君路線ではなく、明晰《めいせき》な頭脳で部屋にいながら事件を解決する安楽椅子探偵路線を目指すのじゃ」

「屁理屈《へりくつ》こねやがって。そんな探偵、現実にはいねえよ」

半眼でサラを見る惣助。そこで友奈が、

「じゃあオジサン。探偵になるならどんな部活に入ればいいと思う？」

その質問に惣助は少し考え、

「そうだな……やっぱりなんと言っても体力と根性が第一だから、運動系の部活ならなんでも無駄にはならないと思うぞ。強いて言えば、いざというときの護身術として柔道とか空手とか格闘技系かな」

「あっ、空手なら小学生のときやってた。中学受験のためにやめちゃったけど」

友奈が声を弾ませた。

「そうなのか。ならまた始めてみるのもいいかもな」

「そうしよっかな……」

するとサラが、

「ええー。友奈《ゆな》がますます暴力的になると妾《わらわ》が困るんじゃが」

「殴るよ?」

友奈が睨《にら》むとサラは泣きそうな顔になり、

「ヒョエーー！　今日はもう殴らないと約束してくれたではないかー！」

「あ、アタシがいつもアンタを殴ってるみたいな言い方すんな！　オジサン違うからね！　サラを殴ったことなんてちょっとしかないから！」

大げさに怯《おび》える芝居をするサラと、慌てて弁明する友奈。

「ハイ！　そのとおりです。妾は友奈に殴られたりしておりません！　……へへ、こ、これでいいですかねぇ友奈様?」

気品のある顔を躊躇《ちゅうちょ》なくゲス顔に歪《ゆが》めてヘコヘコ媚《こ》びた芝居をするサラを、友奈は無言でチョップした。

「痛いではないか」

「やっぱお前、演劇向きだわ」

惣助《そうすけ》は苦笑し、

「あと他に探偵と相性が良さげな部活は……新聞部かな」

「新聞部?」

「なにゆえじゃ？」

友奈《ゆな》とサラが意外そうな顔をする。

「聞き込みしたり張り込みしたり尾行したり、記者の仕事ってのは探偵と共通するものが多いんだ。まあ中学の新聞部で張り込みや尾行はあんまりやらんと思うが、取材のためのコミュニケーション能力は探偵にも重要なスキルだ。あと写真や動画もとるし、報告書をまとめるために、ある程度の文章力も必要だしな」

「へー。言われてみるとたしかに記者って探偵っぽい」

友奈が興味深そうに頷《うなず》き、サラのほうを見て、

「うちの学校、新聞部ってあったっけ？」

「ない。校内新聞の発行は新聞委員会の仕事じゃな」

「そっか……。アタシ新聞委員会にしとけばよかった」

友奈は少し残念そうな顔をして、

「そういえばオジサンはなんか部活やってたの？」

「ああ。中学のときはバスケ部だった」

「おお、それは惣助《そうすけ》にぴったりじゃな！」

「そうか？」

サラの言葉に惣助が首を傾《かし》げると、

「うむ。影の薄さを生かして大活躍し、『幻のシックスマン』という異名をとっておったんじゃろ？」

「黒子のバスケか！　そこまで影薄くねえよ！」

ツッコみつつも、中学時代、顧問の教師に「部員の中でもかなり上手《うま》いほうだと思うんだけど、なぜかあんまり印象に残らないんだよねー」と言われ、結局レギュラーになれなかったことを思い出してしまう惣助だった。

「オジサンはなんでバスケ部に入ったの？」

「バスケ好きの友達に一緒に入ろうって誘われたから」

「うわ、フツー」

友奈に少しがっかりした目を向けられ、

「い、いいんだよ入部の動機なんてなんでも。どんな部活だろうと、仲間と一緒に限られた時間を過ごしたこと自体が人生のなにがしかの糧《かて》になるんだ」

「おおー、惣助が今なにか良いことを言おうとしたぞよ！　言おうとしただけじゃが」

「うん。フワッとしてて全然響かない。言葉がペラい」

「悪かったな！」

中学生二人にディスられ、赤面する惣助だった。

と、そこでサラがふと、

「あ、そうじゃ惣助《そうすけ》。新聞部で思い出したんじゃが」

「うん？」

「こないだ過去の校内新聞を見ておったのじゃが、ちょっと面白いものを見つけたのじゃ」

「面白いもの？」

「うむ」

そうしてサラが話した『面白いもの』は。

ある事件の行方を左右するかもしれない、重要な証拠だった——。

半分、グレい。

4月15日　13時46分

鉄火場でトラブルを起こしてから数日後の昼下がり。

リヴィアは悠々とパチンコを打っていた。

現在のリヴィアの格好は、服はジャージで、度の入っていない眼鏡を掛けている。

髪の長さはセミショート。

髪の色は、黒い。

……つい先ほど、美容院でカットして染めてもらったのだ。

元主《あるじ》のサラは魔術で自由に髪の色を変えたり髪を伸ばしたりすることが可能だが、魔術が苦手なリヴィアにそんな器用な芸当はできない。つまり再び髪が伸びるまで、元の髪型には戻せないということである。

リヴィアがいきなりこんな大胆なイメチェンをしたのは、もちろん変装のためだ。

リヴィアの最大の特徴は長く美しい銀髪なので、それさえなんとかすれば少なくとも『テレビに出ていた救世グラスホッパーのギタリスト』だと気づかれる可能性は激減する。

弁護士に目立つ真似《まね》は避けろと言われたが、たとえ目立ってもリヴィアだと気づかれなければ何の問題もないのだ。

思い立ったが早いか、リヴィアはすぐに美容院へと駆け込み、躊躇《ちゅうちょ》なく髪を切って染めてもらった。

ライトノベル史上初、パチンコがやりたくて断髪したヒロインの爆誕である。

（あ～、やはりパチンコは心が落ち着きますね）

打ち始めて三十分、サッパリ当たらないが、今のリヴィアにとっては玉が台の中を元気よく跳び回っているのを見ているだけで心地よい。

二時間ほどボケ～っと打って豪快に負け、

「はぁ～、負けた負けた！」

軽く伸びをしながら、スッキリした顔で店を出るリヴィア。

なにかおやつでも買ってホテルに帰ろうかと思って財布を取り出し、手持ちの現金がだいぶ心許なくなっていることに気づく。

先日鉄火場で稼いだ数万円は、ここ数日の食費と美容院とパチンコなどでほぼ使い果たしてしまった。

（クランにいくらか用立ててもらいましょう）

そう思ってスマホを取り出したそのとき、着信が入った。

相手は長澤洋亮《ながさわようすけ》――ワールズブランチヒルクランの会計担当である。金が必要なときは、会計担当の彼か副代表の葛西《かさい》に連絡しろと望愛《のあ》に言われているのでちょうどよかった。

「もしもし」

『リ、リヴィア様、わたくし、クラン会計の長澤です。少々よろしいでしょうか？』

どうやら長澤はかなり緊張しているようだ。

「はい、なんでしょうか？」

『大変申し上げにくいのですが、望愛様が無事に戻られるまで、クランからリヴィア様への献金はストップさせていただきたいのです』

「え!?」

驚くリヴィアに長澤は続ける。

『実はクランの口座が警察にマークされているらしく。頻繁《ひんぱん》に高額の引き出しがあると、資金洗浄ではないかとか、あらぬ疑いをかけられる危険があるのです』

「な、なるほど、わかりました……」

固い声で答えるリヴィア。

『申し訳ありません。どうしても必要な場合はなんとかしますが、ただまあ、先日百万お渡ししたばかりですし、当分は大丈夫ですよね』

「は、はいもちろんですとも！」

望愛《のあ》が逮捕された翌日に当面の資金として百万円もらったのだが、ホテルの宿泊代やルームサービスその他諸々《もろもろ》、食費に酒にギャンブルにと散財した結果、もうほとんど残ってないとは言えなかった。

長澤《ながさわ》からの通話が切れたあと、リヴィアはしばらくその場に立ち尽くし、

（……あれ？　今の某《それがし》、かなりまずい状況なのでは？）

4月16日　5時4分

翌朝。

リヴィアが寝苦しくて目を覚ますと、弓指明日美《ゆみさしあすみ》が抱きついていた。

ここは明日美が住んでいる四畳一間のボロアパート。

とりあえず少しでも支出を減らすため、リヴィアはホテルをキャンセルして明日美の部屋へと転がり込んだのだ。

室内に家具はほとんどなく、二人が一緒に寝ている薄い布団の他は、食器や衣類などの入った段ボール箱が積まれ、その上にヘッドフォンや作曲機材が置かれている。

明日美は先月まで元バンド仲間の先輩の部屋に住んでいたのだが、メジャーデビューが決まったので上京の準備を進めていた。

しかし望愛の逮捕でデビューが立ち消えになり、先輩の部屋も三月いっぱいで契約が切れるため、急遽《きゅうきょ》岐阜で新たな部屋を探すことになった。

新生活がスタートする時期のため良い物件は軒並み契約済みで、残っていたのはこの、すぐに入居できる格安風呂なしボロアパートくらいだった。

明日美は辞める予定だったカラオケ店のバイトを続けながら、地道に歌や楽器の練習をし、曲作りにも励んでいる。

「……ぜったい……プロ……なる、す…………」

(明日美殿に比べて某は……)

胸に顔をうずめながら寝言を言っている明日美の寝顔を見つめながら、リヴィアは自分を恥じる。

(某も気持ちを改めて、いま自分にできることをやりましょう……!)

4月21日　14時21分

いま自分にできることをやろうと決意したはいいが、正直リヴィアには今の自分になにができるのか、よくわからなかった。

実は現在のリヴィアの身分が『戸籍のない身元不明の外国人』であることは、ホームレス時代から何も変わっていないのだ。

スマホは望愛《のあ》の名義で契約されているし、その支払いの口座も望愛のものだ。

ワールズブランチヒルクランの商品開発アドバイザーという身分も、正式に契約を交わしたわけではない。

お金、スマホ、仕事、服、住居、自転車、その他生活に必要なあらゆるものを望愛に依存していたため、望愛がいないとリヴィアの身元を保証するものは何もない。これでは真っ当な仕事になどありつけない。

タケオに頼めば身元を問われない仕事を紹介してもらえるかもしれないが、彼のもってくる仕事はグレーなものばかりなのであまり頼りたくはない。

そんなわけでリヴィアは、ここ数日、とりあえず原点に立ち返るべくアルミ缶集めをしていた。

大きなポリ袋を背負い、街中を疾走するリヴィア。

銀髪のままだったら確実に写真を撮られて、「【悲報】メンバーがインサイダー取引で逮捕されたガールズバンドのギタリストさん、ホームレスになってしまうwwwww」などと面白おかしく書き立てられることだろう。

ホームレス時代に培《つちか》ったアルミ缶ハンターとしての本能の赴《おもむ》くままひたすら缶を集めていると、どんどん気分が高揚してくる。

ギャンブルをするのもギタリストとしてステージに立つのも楽しいが、やはり一番自分の性に合っているのはこれなのかもしれない。

ポリ袋いっぱいになるまでアルミ缶を集めたのち、リヴィアは近くにあった公園で少し休憩することにする。

キッチンカーでタピオカミルクティー（値段は今日集めたアルミ缶を換金した額より高い）を購入し、ベンチに座って飲む。

ほどよく疲れた身体《からだ》に、ミルクティーの甘さが染み渡る。

公園には桜の木が何本も植えられているのだが、既《すで》に花はすべて散り地面に落ちてしまっていた。

（はぁ……平和ですね……）

平日の昼間に巨大なポリ袋を持ってベンチでタピオカミルクティーを飲みながら花見をしている美人ホームレスを、公園にいた人々は遠くから奇異の視線で眺めていた。

そのときふと、一際強い風が吹いた。

地面に落ちていた大量の桜の花びらが舞い上がり、それと同時に、

「待ちやがれ！」

野太い声がリヴィアの耳に届いた。

そちらに顔を向けると、なんと三人のガラの悪そうな男たちが、車椅子に乗った一人の女性を追いかけているではないか。

女性は見たところ二十代前半くらいで、体格はかなり小柄。

上下ともゆったりした、身体のラインがわからない派手な柄の服装。

ウルフカットの銀色の髪、色白の肌に切れ長の目。

刃のような鋭さと桜のような儚《はかな》さを併せ持った雰囲気の女であった。

彼女を追いかける男たちも若く、三人とも二十歳前後だろう。

車椅子のスピードは相当速く、男たちが走る速さとさほど変わらない。しかしこのままでは追いつかれてしまうのは時間の問題だった。

事情はわからないが、少なくとも見過ごせるものではない。

リヴィアはベンチにカップを置いて立ち上がり、駆け寄ろうとした。

しかしリヴィアが動くより先に、不意に車椅子の女が片足を伸ばし、車椅子を高速で百八十度方向転換させせた。

「ぐわっ!?」

女に追いつく寸前だった男の一人が、女に足払いを掛けられ盛大にすっ転ぶ。

「な!?」

「てめえ!?」

残る二人が驚いて動きを止める。

「ええ!?」

リヴィアもまた、目の前で起きた光景に驚き思わず声を上げてしまった。

さらに女は、凄《すさ》まじい速さで車椅子を動かし、一瞬で男の側面に回り込んで再び高速回転足払いで男を転かす。

残る一人に、女はなんとバックのまま車椅子で突進し、男の身体《からだ》を吹っ飛ばした。

と、そこで車椅子の側面がパカリと開き、女はそこから何やら黒くて短い棒のようなものを取り出す。

女が棒に付いていたスイッチを押すと、棒が一瞬で五十センチ以上伸びた。

女が流れるような動作で伸びた棒を地面に倒れた男の身体に触れさせると、棒の先端から一瞬バチバチと青い光が飛び散り、男は「ひぎゃっ」と悲鳴を上げながら身体を痙攣《けいれん》させて動かなくなった。

女は残る二人にも同じように棒で触れ、動かなくさせる。

桜吹雪《さくらふぶき》の中で繰り広げられた、バイオレンスながらもまるでよく出来た芝居のような光景に、リヴィアは思わず見とれてしまった。

鮮やかな手際で男三人を倒した女は、棒を短くして車椅子に収納すると、なにごともなかったかのように車椅子でリヴィアのいるほうへ移動を始めた。

そんな彼女と、ぽかんと見ていたリヴィアの目が合った。

女がどこか悪戯《いたずら》っぽい笑みを浮かべる。

リヴィアも曖昧《あいまい》な笑みを返したのち、

「あの……だ、大丈夫ですか？」

「え？　なにが？」

とぼけるように小首を傾《かし》げる女に、

「なんというか……その、いろいろと？」

リヴィアのはっきりしない言葉に、女は小さく笑い、

「こいつらなら気絶してるだけだから心配ない。……多分」

「多分……？」

「まあ、仮に無事じゃなかったとしても、先に襲ってきたのは彼らのほうだからね。正当防衛だよ」

女は軽い口ぶりで言い切った。

「そもそも、なぜ追われていたのですか？」

「彼らはお年寄り相手の詐欺《さぎ》で儲《もう》けていた組織のメンバーでね。私がそれを邪魔《じゃま》してメンバー

が何人も逮捕されたから、すっかり目の敵にされちゃってるんだ」

「なるほど。あなたは正義の味方なのですね」

リヴィアの言葉に女は噴き出し、悪戯《いたずら》っぽい笑みを浮かべ、

「いや。お年寄りを食い物にする輩《やから》が嫌いなだけで、どちらかというと悪人かな」

「よくわかりませんが――」

リヴィアは女の後方へと鋭い視線を向ける。

「とりあえず、あの者たちも悪党の仲間ということでいいのですか?」

その言葉に、女は首だけ動かして後ろに目をやった。

五人の男たちが、こちらに向かって走ってきている。

彼らは気絶している三人に近づくと「おい、しっかりしろ!」などと声を掛けた。

「まだいたのか……」

少し困った顔で頷《うなず》く女。

男たちが敵意を露《あら》わにしてこちらに向かってくる。中には特殊警棒やメリケンサックで武装している者もいた。

「こんな昼間から人目も気にせず襲ってくるとか……これだから半グレは……銃を出すわけにもいかないし……」

女はブツブツ言いながらため息をつき、再び車椅子の側面から先ほど男たちを気絶させた伸

縮式スタンガンを取り出した。

「君は逃げなさい。ここにいると巻き込まれるよ」

女の言葉にリヴィアは首を振り、

「いえ、某《それがし》もお手伝いします」

女は驚いた顔をしたのち、「物好きな人もいるものだ」と苦笑を浮かべ、

「私は剣持命《けんもちみこと》。命と書いてミコトと読む」

名乗った女――ミコトに、リヴィアも名乗り返す。

「リヴィア・ド・ウーディスです。奇遇ですね。リヴィアという名前も、某の国の言葉で『命』という意味なのです」

「ほう。それはほんとに奇遇だね」

ミコトは愉快そうに笑い、

「じゃ、いこうか」

言うが早いか、ミコトはスタンガンを持っていないほうの手で、車椅子のジョイスティックを操作した。

空気を切り裂くような鋭い駆動音とともに、車椅子が向かってくる男たちのほうへと急発進する。

「うおっ!?」

「く、来るぞ！　はぇえ！」

自動車にも匹敵する猛スピードで迫り来る車椅子に、男たちが怯《ひる》む。

リヴィアも魔術で足の筋肉を強化し、ミコトを追って疾駆。

「一人で突っ込まれては危険です！」

「うそっ⁉」

一瞬で隣に追いついてきたリヴィアを見て、ミコトが目を丸くして素《す》っ頓狂《とんきょう》な声を上げ、

「ははっ！　すごいな君は！」

笑いながら男たちの間近に迫ったミコトは、急に方向を変え回り込み、死角からスタンガンを突き出し一人を昏倒《こんとう》させる。

「クソがぁっ！」

別の男が怒声を上げて特殊警棒でミコトに殴りかかるも、ミコトは素早くバックして難なくそれを回避。

動揺する男にリヴィアが接近し、手刀で武器を払い落とし、みぞおちに強烈な拳《こぶし》を叩《たた》き込み一撃で戦闘不能にする。

車椅子を自在に操って敵を翻弄《ほんろう》しつつ的確にスタンガンを当てるミコトと、問答無用の戦闘力でねじ伏せるリヴィア。

二人はものの数十秒で男たちを制圧した。

「ありがとうリヴィア。おかげで手早く片付いた」

「いえ、ミコト殿こそお見事でした」

リヴィアは本心から賞賛する。車椅子に乗ったことはないが、車椅子に乗って戦うなど相当な技術が必要なのはわかる。

「さて、野次馬が集まってくる前にさっさとここを離れようか」

「そうですね」

リヴィアが頷《うなず》くと、ミコトは車椅子を発進させた。

リヴィアもアルミ缶の入ったポリ袋と飲みかけのタピオカミルクティーを回収し、ミコトを追いかける。

「しかしすごいですね、その車椅子は」

追いつき、併走しながらリヴィアが言うと、

「そうだろう。自動車メーカーの元技術者にコストと安全性を度外視で改造してもらった、私の自慢の足だ」

ミコトはそう言って少し稚気のある笑みを浮かべた。

「はあ……ミコト殿はお金持ちなのですね」

「ちょっと会社みたいなものを経営してるだけだよ。というか、リヴィアこそすごいな。一体何者だ？」

「某《それがし》はただのホームレスです」

「君のようなホームレスがいてたまるか！」

ミコトが大声でツッコみ、その直後、

「う……ッ」

顔をしかめて呻《うめ》き、突如《とつじょ》車椅子を止めた。

「ど、どうなされたのですか!?」

リヴィアの問いに答えず、ミコトはしばらく俯《うつむ》いて荒い息を吐いたのち、顔を上げて口の端を笑みの形にした。その額にはびっしりと脂汗が浮かんでいる。

「いや、突然すまない。もう大丈夫だ」

袖で汗を拭《ぬぐ》い、ミコトは言った。

「ミコト殿、どこかお悪いのですか？」

そう口にしてから、車椅子に乗っている彼女に対して聞くまでもない質問だったと思い至るリヴィア。

「すみません、聞くまでもありませんでしたね……」

「気にするな。世界中にありふれた病気だよ。問題ない」

どこか皮肉っぽく笑って、ミコトは車椅子をゆっくりと発進させた。

リヴィアは心配に思いながら、ミコトと並んで歩く。

「……ところでリヴィア、君ほんとにホームレスなの？　ジャージもスニーカーもブランド品のようだが」

リヴィアの担いでいるポリ袋に目をやりながらミコトが訊《たず》ねてきた。

「ええと、厳密には元ホームレスで、少し前までとある会社の商品開発アドバイザーとしてその社長の家でお世話になっていたのですが、彼女が逮捕されたので現在は友人の部屋に転がり込んでいる、限りなくホームレスに近い者です」

「うーんなるほどわからん」

自虐的《じぎゃくてき》に言ったリヴィアに、ミコトは苦笑を浮かべ、

「君の強さなら、うちの地下闘技場でも活躍できるかもね」

「闘技場？　そのようなものがあるのですか？」

「興味があるなら今度連れて行ってあげよう」

ミコトは笑い、車椅子を止める。

「あ、そうだ。仕事がないなら私のボディーガードにならないか？　これまで雇っていた子が思いのほか使えなくてね。さっき襲ってきた連中に不意を突かれてあっさりやられてしまったから、他を探そうと思ってたんだ」

「ボディーガード……護衛ということですか？」

「うん」とミコトが頷《うなず》く。

(護衛……！)

その響きにリヴィアの心が弾む。

リヴィアの生まれたウーディス家は、元の世界で代々皇族の護衛を務めてきた。

こちらの世界のご先祖様も、織田信長《おだのぶなが》の近習として仕え、本能寺《ほんのうじ》の変のときも信長が自害するための時間を稼ぐため奮戦して果てたという。

主君を護るため命を懸《か》けて戦うことこそ騎士の本懐。

サラに主従関係を解消された自分に、再び護衛を任される時が訪れるとは思っておらず、喜びを禁じ得ない。

「……よいのですか？　某《それがし》のような素性《すじょう》も知れぬ者を護衛にするなど」

「もし君に寝首を掻《か》かれるようなことになれば、私に見る目がなかったというだけだよ」

笑みを浮かべながらそう言ったミコトに対し、リヴィアはサラにも通じる『人の上に立つ者の器量』を感じ取った。

「しかしミコト殿。実は某、仲間と共にバンドでメジャーデビューを目指しておりまして。今はメンバーが逮捕されてしまい活動休止中ですが、仲間が戻ってきたら再び夢を追うつもりなのです。ですので、某がミコト殿の護衛を務めるのは、新しい護衛が見つかるまでの間ということでどうでしょうか」

「いいよ。それでいこう」

ミコトはあっさり即答した。

「ありがとうございます！」

「ま、どっちにしろ長い付き合いにはならないだろうし」

「？　それはどういう……」

「なんでもない。それじゃ、よろしく頼むよ」

「はい。これよりこのリヴィア・ド・ウーディス、ミコト殿の護衛として全力で御身をお守りいたします」

そう言って、リヴィアはミコトの前に跪《ひざまず》いた。

「はは、まるで本物の騎士みたいだね。目も青いし……」

ミコトは楽しげに笑い、不意に目を細める。

「うん……？　バンド……メンバーが逮捕……。君はもしかして、こないだインサイダー取引でメンバーが逮捕されたバンドのギタリストじゃないか？　メンバーが逮捕された直後にパチンコ打ってて炎上した」

「ちょ、直後ではありません！　三日後くらいです！」

顔を赤くして訂正するリヴィアに、

「ははは、まさかリヴィアがあのギタリストだったとは！　変装してるから気づかなかったよ。あの記事はＰＶ数もなかなか良かったと聞いている。ありがとう」

「……？　なぜミコト殿が礼を言われるのですか？」

　リヴィアが訊《たず》ねるとミコトは、

「うちはアフィリエイトブログも運営していてね。君のパチンコ炎上を真っ先に記事にまとめたのがうちだ」

　リヴィアは頬を引きつらせ、

「……よ、よくわかりませんが、某《それがし》がパチンコをやっていたことをネットにまとめることでお金を稼いだ……ということですか？」

「うん」

「なんということをしてくれたのですか！」

　抗議するリヴィアに、ミコトは冷静に、

「文句はSNSに動画をアップした奴に言ってよ。うちはそれをまとめて記事にしただけ」

「う……た、たしかに元凶はそうかもしれませんが……」

　それでも、人が叩《たた》かれているのをネタにしてお金を稼ぐのはどうかと思う。

　釈然としない顔をしているリヴィアに、ミコトはどこか冷ややかな口ぶりで、

「炎上なんてそこまで気にすることはないよ。君のパチンコ炎上事件も、君の仲間のインサイダー取引のことも、どうせ大衆はすぐに忘れて、また違うネタに食いつくだけさ。醜悪《しゅうあく》なイナゴのようにね」

「イナゴは醜悪ではありません。美味《おい》しいです」

真顔で頓珍漢《とんちんかん》な反論をしたリヴィアに、ミコトはしばしぽかんとした顔を浮かべ、

「あはは！　君は本当に面白いな！」

心の底から楽しそうに笑ったのだった。

４月２１日　１６時１１分

リヴィアが剣持命《けんもちみこと》のボディーガードに雇われたのと同じころ。

探偵、鏑矢惣助《かぶらやそうすけ》は、事務所で依頼人に調査の報告をしていた。

依頼人は高校生の娘を持つ母親。

少し前から娘がしょっちゅう参考書代やお昼代と称して金を要求するようになり、ついには親の財布にも手を付けるようになった。理由を問い詰めても頑として答えないので、その理由を探ってほしい――という依頼である。

依頼人は学校で誰かに恐喝《きょうかつ》されているのではと推測しており、惣助もその可能性が高いと考えていたのだが、実際に調査してみると真相は違った。

「娘さんはどうやら『ＴＳＵＷＡＭＯＮＯ』というコンカフェに通い詰めているようです」

「こ、こんかふぇ、ですか?」

訝《いぶか》しげな顔をする依頼人に、惣助《そうすけ》は説明する。

「コンセプトカフェ。特定の世界観やコンセプトをウリにした飲食店のことで、メイド喫茶や執事喫茶、猫カフェなどが代表的ですね」

「なるほど。それなら知ってます」

「で、娘さんが通っている『TSUWAMONO』は男性店員が戦国武将のコスプレをして接客するというコンカフェなんですが、指名料を別途支払うことで特定の店員を同席させて一緒に食事をしたり写真を撮ることができるんです」

「指名料に同席って、まるでキャバクラやホストクラブじゃないですか」

驚く依頼人に、惣助は頷《うなず》き、

「はい。店員がメールでお客さんに営業をかけたりもしているようで、ぶっちゃけ、『未成年でも入れるホストクラブ』と呼ぶのがぴったりの営業形態ですね。最近こういうコンカフェが増えていて、未成年者の被害が問題にもなっています。そして――」

惣助は何枚かの写真をテーブルの上に置く。

そこには、依頼人の娘が武田信玄《たけだしんげん》のコスプレをしたイケメンと並んで座っている姿が写っていた。

「娘さんが入れ込んでいるのがこのシンゲンという源氏名の店員で、本名は牧野壮馬《まきのそうま》、二十三歳。どうやらスマホで直接やり取りもしているようです」

「こ、高校生がホストに貢いでるだなんて……」

愕然《がくぜん》とする依頼人に惣助は続ける。

「娘さんについての報告は以上になりますが……この『TSUWAMONO』というコンカフェ、どうも裏で半グレが関わっているようなので、なるべく早急に通うのを止めさせることをお勧めします。こじれた場合は弁護士や警察に相談することもご検討ください」

「わ、わかりました……！」

青ざめた顔で頷く依頼人。

彼女が依頼料を支払って事務所を去ったあと、

「のう惣助。半グレとはなんなのじゃ？」

惣助の隣に座っていたサラが訊《たず》ねてきた。

惣助はしばし考え、

「うーん、ジャーナリストが作った造語だから法律上の定義はないんだが、暴力団に所属してない反社会的グループってとこだな。警察では準暴力団って呼んでたりもする。グレってのは社会からはぐれてるのグレ、グレるのグレ、愚連隊のグレ、カタギでもヤクザでもないグレーな存在って意味のグレでもある」

「半は？」

「知らん。半端物とかそんな感じじゃね？」

「グレー自体に半端なニュアンスがあるのに意味が被《かぶ》っておるのでは？」

「……そう言われるとそうだな。でも俺に言われても知らねえよ。言葉を作った人に言え」

サラの指摘に頷《うなず》きつつ、惣助《そうすけ》は説明を続ける。

「まあ要するに組織的な犯罪で金儲《かねもう》けをしてる連中なんだが、半グレはヤクザほど明確に組織化されてるわけじゃなくて、上下関係もあやふやな場合が多い。自分のいる組織に誰が所属してるのか知らない、それどころか自分が半グレグループに所属してる自覚すらないなんてこともざらにあるらしい」

「金儲けとは何をやっておるのじゃ？」

「代表的なのは特殊詐欺《さぎ》だな」

「いわゆるオレオレ詐欺というやつかや？」

「オレオレ詐欺もそうだし、還付金詐欺とか架空料金請求詐欺とかもだな。詐欺だけじゃなくて、ぼったくりバーやぼったくりコンカフェの運営やら闇カジノの元締めやら風俗の斡旋《あっせん》やら、昔はヤクザがやってたようなシノギをやってる半グレ集団もあるし、転売やアフィブログの運営、ステマやサクラの請負とか文字通りグレーゾーンの中で稼いでる組織もあれば、薬物取引とか窃盗や恐喝《きょうかつ》を組織的にやってるガチ犯罪集団もいる。俺とお前が初めて会ったときの仕事で、竹本《たけもと》さんから金を脅《おど》し取ってた連中——慣れた手口からして被害者は竹本さんだけじゃないだろうし、あれも多分半グレ集団だろうな」

「あー、あのチンピラどもかや」

サラは少し懐かしそうに言った。

「半グレは金儲けのために手段を選ばないし、カタギの人間も平気で巻き込む。若い構成員が多いから加減を知らないことも多い。ヤクザみたいにしっかり組織化されてないぶん、組織の全貌《ぜんぼう》を把握するのも難しいし、暴対法で活動を制限されてないから取り締まるのも難しい。中にはヤクザを辞めて半グレになる奴までいる始末だ。ヤクザよりタチが悪い、現代の裏社会の主役、それが半グレってわけだ」

「なるほどのー。こっちの世界の悪党にもいろいろおるんじゃな。できればかかわりたくないものじゃ」

そう言ったサラに惣助は苦笑し、

「まあ、この仕事やってるとそうも言ってられないけどな。運悪く犯罪に巻き込まれた人の力になるのも、探偵の役目なんだ」

「おお！　いいことを言うのう！」

ところで、これはネタバレになるのだが。

リヴィアをボディーガードとして雇った剣持命《けんもちみこと》は、とある半グレ組織のトップである。

４月２１日　１６時３７分

剣持命《けんもちみこと》の住居は、五階建てマンションの五階にあった。

築数年ほどの綺麗な建物で、エントランスにスロープが設けられていたり広いエレベーター内には手すりがあるなど、バリアフリーな設計となっている。エントランス前に一人、エレベーター前に一人、警備員が常駐しており、セキュリティも厳しい。

ミコトは玄関で車椅子を降りると、ステッキを持って家に上がる。

廊下の壁にも手すりが取り付けられているが、ミコトは手すりを使わずステッキだけで歩いていく。その足取りは軽く、弱々しさを微塵《みじん》も感じさせない。

廊下を抜けてリビングに入る。

広々としたリビングには高そうなソファとテーブル、１００インチのテレビに複数のスピーカーが置かれていた。テレビボードにはブルーレイプレイヤーとゲーム機が入っている。

「大きなテレビですね」

望愛《のあ》の部屋のテレビも６５インチの大型テレビだったが、これはある程度離れないと画面が視界に収まらないほどだ。

「映画が好きなんだが、映画館に行くのもなかなか大変でね。せめて良い環境で観たくて奮発してしまった」

　ミコトはそう言って笑い、

「さてと……部屋は一つ空いてるからリヴィアにはそこを使ってもらうとして、ベッドがない。せっかく来てもらってなんだが、今日のところは帰ってもらっていいかな。明日にはベッドを用意させよう」

「いえお気遣いなく。某《それがし》なら床で十分です。欲を言えば段ボールを敷かせていただけるとありがたいのですが」

「はは、さすがは元ホームレスだ。とはいえ私の護衛にそんな扱いをするわけにはいかない。今日はこのソファで寝るといい」

「了解しました」

「うん」

　ミコトは頷《うなず》き、それからリヴィアに他の部屋を案内する。

　間取りは３ＬＤＫ。

　キッチンには冷蔵庫に電子レンジ、ワインセラーなどが置かれている。料理はすべて家事代行サービスに任せているらしく、冷蔵庫と冷凍庫の中には作り置きされた料理がたくさん入っている。

寝室には大きな電動リクライニングベッド。

仕事部屋にはパソコンや本棚。

リヴィアが明日から使う予定の洋室には何も置かれていない。

狭苦しかった鏑矢《かぶらや》探偵事務所や明日美《あすみ》の部屋、広いが物で溢《あふ》れていた望愛《のあ》の部屋と比べると、根本的に物が少なく、どこか寂しい印象の家だった。

「リビングとキッチンは自由に使ってかまわない。冷蔵庫にあるものも好きにしていい。仕事部屋と寝室には私が呼んだとき以外入らないように」

「了解です」

「さて……とりあえずこんなところかな」

案内を終えたミコトは、

「今日は久しぶりに運動して汗をかいた。シャワーを浴びてくるから君は適当にくつろいでいてくれ」

杖をつきながらバスルームへと向かうミコトに、リヴィアは声をかける。

「あの、なにかお手伝いしましょうか?」

するとミコトは顔だけ振り向き、

「一人で大丈夫。あまり人に裸を見られたくないしね」

「そ、そうですか。わかりました」

ミコトがバスルームへと入っていく。

と、そこでリヴィアのスマホに着信が入った。相手は明日美だ。

「もしもし」

『あ、リヴィアちゃん。自分、今日八時くらいに帰る予定なんすけど、夕飯どうするっすか？　よかったら帰りにリヴィアちゃんのぶんも適当に買っていくっすけど』

「あ、いえ、それには及びません。実は明日美殿――」

それからリヴィアは明日美に、ミコトの家に住み込みでボディーガードの仕事を引き受けることになったと伝えた。

「某《それがし》の荷物は明日の朝取りに行きます。明日美殿、これまで泊めていただきありがとうございました」

『…………』

礼を言うリヴィアだったが、なぜか明日美の返事はない。

「……？　明日美殿？」

『……リヴィアちゃん』

「は、はい。なんでしょう？」

抑揚のない声で明日美に呼ばれ、戸惑うリヴィア。

『……また違う女の子を引っかけたんすね……』

「ひ、引っかけたとは人聞きの悪い！　某《それがし》は護衛として雇われただけで」

『リヴィアちゃん、ほんとに根っからのヒモっすね……』

「う……」

明日美《あすみ》の声には見損なった感がありありと込められており、リヴィアの心を刺した。

4月21日　17時21分

「ふう、待たせたね」

ミコトの部屋のリビングでリヴィアがテレビを見ていると、シャワーを終えたミコトがやってきた。

「え……!?」

その姿を見て、リヴィアは驚く。

服装はパジャマにステッキ。

そしてつい先ほどまで銀色のウルフカットだった彼女の髪は、今は金色のロングヘアに変わっていた。

「その髪はいったい……!?　まさかミコト殿も姫様と同じ術を!?」

リヴィアの言葉にミコトは訝《いぶか》しげに眉をひそめ、

「術？」

「あ、いえ、その髪はどうされたのかなと」

誤魔化《ごまか》すリヴィアにミコトは、

「これはウィッグだよ」

「うぃっぐ？」

「カツラ」

「かつら……ああ、かずらですか！　しかしなぜかず、カツラを？　変装ですか？」

するとミコトは首を振り、

「いや、趣味。気分に合わせて髪型を変えてるだけ」

「なるほど」

色んな趣味があるのだな、とリヴィアは思った。

「リヴィアの髪は？　テレビで見たときは銀髪だったけどあれは地毛？」

「はい」

「そうか。綺麗な銀髪ロングだったのに、勿体《もったい》ないな」

残念がるミコトにリヴィアは苦笑し、

「髪などまた生えてきますし、一年もすれば大体元に戻ると思います。その頃にはほとぼりも冷めていることでしょう」

「一年か……ぜひ本来の君の姿を見てみたいな」

そう言ったミコトの声は、どこか儚《はかな》げだった。

CHARACTERS

SALAD BOWL
OF
ECCENTRICS

リヴィア NAME

ジョブ:ボディーガード NEW
アライメント:中立／中庸

STATUS

体力:100
筋力:100
知力: 24 NEW
精神力: 82 NEW
魔力: 19
敏捷性:100
器用さ: 76
魅力: 98
運: 25 NEW
コミュ力: 41

CHARACTERS

SALAD BOWL OF ECCENTRICS

みこと	NAME
ジョブ:半グレ	
アライメント:悪/混沌	

STATUS

体力:	19
筋力:	14
知力:	95
精神力:	100
魔力:	0
敏捷性:	3
器用さ:	92
魅力:	76
運:	22
コミュ力:	70

半グレちゃんと女騎士ちゃん

4月22日　8時41分

リヴィアが剣持命《けんもちみこと》のボディーガードとして雇われた翌日。

リヴィアは朝食のあと、急いで明日美《あすみ》の部屋に行き私物——わずかな着替えとギターとロードバイクだけだ——を回収し、再びミコトの部屋に戻った。

「早かったね。その友達の家ってこの近所なの？」

出かけてから十分ほどで帰ってきたリヴィアにミコトが訊《たず》ねる。

「そうですね。走って五分ほどです」

なお、走って五分というのは自動車並の速度で走れるリヴィア基準なので、そこまで近所というわけではない。

「そっか」とミコトは特に気にした風もなく、

「ところでこれから一緒に映画を観ない？」

「映画ですか。いいですね」

というわけで、二人はリビングで一緒に映画を見始めた。テーブルにはポップコーンとコーラも用意してある。

観ているのは岐阜を舞台にしたライトノベルが原作の実写映画だ。

「ふふ……こうしてしょうもない映画をのんびり観ていると、最高に時間を贅沢《ぜいたく》に使っている気がするんだよ」

主人公が妹を自転車の後ろに乗せて岐阜湾（仮）沿いの道を走っているシーンを楽しげに眺めながら、ミコトが言った。

「これはしょうもない映画なのですか？　某《それがし》は面白いと思うのですが……」

「え？」

リヴィアの顔をミコトはまじまじと見つめ、

「……いや、楽しめているなら勿論《もちろん》それに越したことはない。すまないね、無粋なことを言ってしまった」

「いえ、某には映画の良し悪しがわかりませんので」

微《かす》かな笑みを浮かべて謝るミコトに、リヴィアは言った。

望愛《のあ》の家にいたときもたまに暇潰《ひまつぶ》しで映画を観ていたのだが、どれも面白かった。

望愛が一人で作ったマインドコントロール用ビデオですら楽しめたリヴィアである。元の世界には存在しなかった娯楽ということもあって、大きな画面と大きな音で映像が流れていれば、それだけでなんとなく楽しい。

言ってみれば光と音の刺激に対して反応して喜んでいる赤ん坊と同じような感覚で、リヴィアは映画を楽しんでいるのだ。

「あ〜、面白かった！　やはり映画は良いものですね」

映画が終わり、心から満足してリヴィアが言う。

「そこまで喜んでくれるとは思わなかったけど、悪い気はしないね」

ミコトはそう言って苦笑し、

「よし、せっかくだから今日は一日、ちょっとアレな漫画原作の映画祭りにしよう。さすがにコレに他人を付き合わせるのは申し訳ないと思ってこれまで実行しなかったけど、リヴィアなら大丈夫そうだ」

「よくわかりませんがいくらでもお付き合いしましょう。しかし仕事はいいのですか？」

リヴィアが訊《たず》ねるとミコトは笑って、

「商売のほうはほとんど部下に任せてある。私のお仕事はたまに現場に顔を出してプレッシャーをかけるだけ」

「なるほど……」

望愛もクランの運営はほとんど部下に任せていたし、世の中には働かなくても他人が勝手にお金を稼いでくれる立場の人間もいるらしい。

というわけで、リヴィアとミコトは続けて二本目の映画を観るのだった。

4月21日　16時36分

映画を観ながらポップコーンやお菓子を食べ、昼過ぎにはピザを注文してこれまた食べながら観る。

そんな感じで五本目の映画が終わると、ミコトは少し疲れた顔で、

「ふう、自分でやり始めたとはいえ、こう立て続けにクソ映画を観ると精神的にクる……」

「そうですか？　某《それがし》はまだまだいくらでも観ていられそうですが」

「うん、リヴィアはそのままでいてほしい。でも口直しにちゃんとした作品を挟むことを許してほしい」

「ミコト殿にお任せします」

「ありがとう」

そう言ってミコトが選んだのは、漫画原作の実写映画の中でも大成功した作品として知られる時代劇アクションだった。

凄腕《すごうで》の剣客である主人公が、次々に現れる強敵たちと死闘を繰り広げる姿に、リヴィアは瞬《まばた》きを忘れるほど引き込まれた。

「たしかにこれまでで一番面白かったです！」

「それはよかった。さすがにクソも味噌《みそ》も同じ感想だと見せ甲斐《がい》がないからね」

映画が終わって興奮しながら感想を伝えると、ミコトは満足げに笑った。

「ミコト殿、飛天御剣流《ひてんみつるぎりゅう》というのはどこで習得できるのですか!?」

「いやアレは架空の流派だから。でも君なら刀さえあれば本当に使えそうだね……」

ミコトの言葉に、

（あれ？　そういえば某の刀は……）

この世界では刀を持って歩くことが禁止されているらしく、ホームレス生活を始めて間もなく、リヴィアは自分の刀を駅のコインロッカーに入れておいた。

それっきり、ずっと放置している。

リヴィアは知らなかったが、駅のコインロッカーは基本的に三日間しか預けられないようになっている。

三日経《た》つと荷物は管理会社に回収され、一定期間（一般的には一週間から一ヶ月）経っても持ち主が引き取りに現れない場合は処分される。

リヴィアが刀を隠したコインロッカーも当然三日後に管理会社が中を確認したのだが、出てきたのはオモチャではなく本物の刀である。日本刀を持ち歩くために必要な登録証も入っていなかったため、刀は即座に警察に届けられた。

コインロッカーに入っていた不審な刀ということで警察は事件性を疑い調査したものの、関連のありそうな事件は見つからず、付近の防犯カメラを調べても刀を入れた人物は発見できなかった（実際には刀を持って走るリヴィアの姿を捉えた映像もちゃんとあったのだが、夜中に超高速で移動していたため見落とされた）。

そして刀は現在、警察で保管されている。

そんなことは露知らず、

（まあ、そのうち回収しに行けばいいでしょう）

気楽に考えるリヴィアだった。

4月23日　11時7分

その翌日も、リヴィアはミコトに付き合って朝からのんびり映画を観て過ごした。

二本目の映画が終わり、

「そろそろお昼か……。今日は外に食べに行きたいな」

「いいですね」

ミコトの言葉にリヴィアも賛同する。ちなみに今のミコトの髪型はピンクのロングヘアである。

「リヴィアは普段お昼どんなものを食べてるの？」

「ホームレス時代は炊き出しでカレーやおにぎりをいただくことが多かったですね。望愛《のあ》殿の家でお世話になっていたときは宅配のピザや天丼やお寿司などを。外で食べるときはラーメンが多いです」

「ラーメン！　いいね」

声を弾ませるミコトにリヴィアは頷《うなず》き、

「はい。岐阜市内のラーメン屋はほとんど行ったと思います」

「それはすごい」

ミコトは羨《うらや》むような顔をして、

「私もラーメンは好きなんだけど、車椅子だとラーメン屋には入りにくくてね。出前でしか食べたことがない」

「たしかに狭い店だと厳しいかもしれませんが、広い店なら大丈夫なところもあるのではないでしょうか」

「ふむ……じゃあ広くて君がオススメの店があったら行きたいな」

「そうですね……」

ミコトの言葉に、リヴィアはお気に入りの店の中から店内が広いところを一つ選び、電話して車椅子でも大丈夫か確認した。

『もちろん大丈夫ですよ！』

「ありがとうございます。ではこれからうかがいます」

『はい、お待ちしております！』

通話を切り、

「ではさっそく行きましょうか」

リヴィアがそう言うと、ミコトはまるで無垢《むく》な子供のように顔をほころばせ「うん！」と頷《うなず》いた。

4月22日　11時34分

リヴィアが選んだのはベトコンラーメンの店で、店内は広く従業員の数も多い。

二人が店を訪れると、

「さっきお電話いただいた方ですね！　こちらのお席にどうぞ」

二人は入り口近くのテーブル席に案内される。席のうしろには、ミコトが使っている大型の電動車椅子を置くのに十分なスペースがあった。

車椅子を降りて席に座ったミコトは、ソワソワした様子で店内を眺め、

「おおー……これがリアルラーメン屋か。店内に充満するこの匂い、出前のラーメンにはないものだね」

続いてメニューを手に取り、

「メニュー多いな！　ベトコンラーメンだけじゃないんだね。ご飯モノもあるし……海老《えび》チリや青椒肉絲《チンジャオロースー》まである……もはやラーメン屋というより中華料理屋じゃないか」

楽しげにメニューを眺めるミコトにリヴィアは微笑《ほほえ》み、

「一番のオススメはやはりベトコンラーメンですが、他のラーメンやサイドメニューもどれも美味《おい》しいですよ。あとニラ玉天津飯《てんしんはん》が隠れた名物として人気があるそうです」

「私を惑わせるのはやめてくれ！」

ミコトは苦笑を浮かべ、それからしばらく真剣な顔でメニューを見つめ、

「うーん……やはり最初は看板メニューのベトコンラーメンにしよう。食べたことないし」

「わかりました。他にもなにか頼まれますか？」

「いや、これだけでいい」

「そうですか」

リヴィアが店員を呼び、

「ベトコンラーメンを一つと、チャーシュー麵の半チャンセットを一つ、それから唐揚げ、

餃子《ギョーザ》、海老《えび》シューマイ、海老チリ、ニラ玉を一人前ずつお願いします」

リヴィアが注文すると、店員は少し面食らった顔をしたあと、

「あれ、お姉さんもしかして前にも来てくれました?」

「はい、これで四回目になります」

「やっぱり! すいません、髪の色が違うんで気づきませんでした。いつもありがとうございます!」

店員がにこやかに言って、厨房《ちゅうぼう》に注文を伝えに行く。

「……もしかして君は毎回そんなに注文してるの?」

「そうですね。いつも大体これくらいでしょうか」

「なるほど。そりゃ顔も覚えられるよ」

ミコトは微苦笑を浮かべてそう言った。

注文してしばらく待っていると、テーブルに料理が続々と運ばれてきた。

「どう見ても写真より量が多いじゃないか……食べきれるかな……」

麺の上にこんもり盛られた野菜炒めとニンニクを見て、ミコトが顔を引きつらせた。

「食べきれなければ某《それがし》が手伝いますのでご安心を」

「そう? じゃあ頼む」

「はい。では、いただきます」

リヴィアがそう言ってさっそくラーメンを食べ始め、ミコトも少し小さな声で躊躇《ためら》いがちに「い、いただきます」と言って箸《はし》を取った。

「………ふむ……なるほど、これは……ガツンとくるね。身体《からだ》が熱くなる」

ベトコンラーメンを口に運び、ミコトが言った。

「そうでしょう。食べると元気が出ますよ」

満面の笑みを浮かべながらラーメンだけでなくサイドメニューも次々と食べていくリヴィアを、ミコトはじっと見つめ、

「美味《おい》しそうだね……」

「はい、やはりここの料理はどれも絶品です！」

「……よかったら一個ずつ分けてくれないかな？」

「もちろんです。ぜひ食べてみてください。すみません、取り皿を一つお願いします！」

店員に取り皿を持ってきてもらい、リヴィアは唐揚げと餃子《ギョーザ》とシューマイと海老《えび》チリを一個ずつと、炒飯《チャーハン》とニラ玉を少し取り分けて皿に載せ、ミコトに渡した。

それから二人は一心不乱に食べ続け、ほとんど同時に食べ終わった。

時刻が十二時を回って店にどんどん客が入ってきたので、ミコトがカードで会計を済ませ、二人は店を出る。

「ふう……美味しかった。案外ペロリといけてしまったな……」

自分のお腹に手を当てながら、ミコトが不思議そうに言った。

「気に入っていただけてよかったです」

「私は普段そんなに食べるほうじゃないんだけどね。リヴィアが食べている姿を見るとなぜか食欲が湧いてくる」

「ははは、それは某《それがし》ではなくベトコンラーメンの力でしょう！」

「そういうわけでもないと思うんだけどね……」

リヴィアの言葉に、ミコトは苦笑を浮かべる。

「ミコト殿、実はこの近くに美味しいみたらし団子の店があるのですが」

「まだ食べるの!?」

ミコトは驚きの声を上げたのち、

「……テイクアウトもできる？」

「できます。というか、店内では食べられず持ち帰りしかできません」

「じゃあ案内してもらおうかな。食べ歩きというのを一度やってみたかったんだ」

というわけでリヴィアはミコトをお気に入りの和菓子屋に案内した。みたらし団子が人気の店だが、他にも五平餅《ごへいもち》や大福なども売っている。

みたらし団子四本とお茶、他にも幾つか和菓子を購入して店を出て、みたらし団子を歩きながら食べる二人。

左手でみたらし団子のタレが下に落ちないよう注意しながら、右手で車椅子のジョイスティックを操作しているミコトの動きは少し危なっかしく、

「ミコト殿、食べるのは近くの公園に行ってからにしましょう」

「そのほうがよさそうだね……」

ミコトは少し頰を赤らめて頷《うなず》き、リヴィアに団子を渡した。

4月22日　19時26分

公園でみたらし団子を食べたのち、リヴィアとミコトはいったんマンションに帰り、夜に再び外に出た。

タクシーに乗って二人が訪れたのは繁華街にある中華料理の店。しかし昼間のラーメン店のような大衆料理屋ではなく、全席個室の高級店である。

この店を選んだのはミコトだ。

「また中華料理ですか？」

「せっかくだから今日は中華祭りにしようと思って」

店の前で少し戸惑いながら言ったリヴィアに、ミコトは笑った。

店内は綺麗で廊下も個室も広々としており、車椅子でもまったく問題なく移動できる。

案内された部屋の中央には回転テーブルがあり、リヴィアとミコトは向き合って座った。

「お飲み物のメニューでございます」

給仕の女性に大きなメニューブックを渡され、リヴィアはそれを読む。

紹興酒《しょうこうしゅ》、ビール、ワイン、スパークリングワイン、日本酒、カクテル、中国茶、ソフトドリンクとカテゴリーが分かれており、いずれも種類が豊富だが、リヴィアにわかるのはソフトドリンクしかない。

（い、いったい何を選んだら……）

リヴィアが困っていると、

「私はおすすめのスパークリングワインを適当に。あとジャスミン茶」

「そ、某《それがし》も同じものを！」

ミコトが注文したので、リヴィアも咄嗟《とっさ》にそれに続いた。

「かしこまりました」

給仕が言って、ミコトとリヴィアのメニューを回収する。

それからミコトはテーブルを回して、上に置いてあった料理のメニューを自分の前まで移動させた。

「おおっ!?　回った!?」

声を出して驚いたリヴィアに、ミコトと給仕がくすっと小さく笑う。

「料理は……そうだね。とりあえず北京《ペキン》ダックとツバメの巣のスープ、小籠包《シヨーロンポー》、棒々鶏《バンバンジー》で。リヴィアは他に何か頼む?」

ミコトがメニューをテーブルに載せ、回してリヴィアの前に移動させた。

リヴィアはメニューを手に取って確認する。

料理名はすべて漢字で書かれ、上にカタカナのルビが振られ、下に小さく日本語と英語で説明が書いてある。

しかしほとんどが知らない料理ばかりで、写真もないので説明を読んでもどんな料理なのか上手《うま》く想像できない。

(ええと、フカヒレをスープで長時間煮込み、醬油とオイスターソースで仕上げたもの――まずフカヒレとは一体……?　って値段高っ!)

今日の昼食の総額よりもフカヒレスープ単品のほうが高く、リヴィアは目を丸くする。

「で、では海老《えび》チリと麻婆豆腐《マーボーどうふ》をお願いします!」

とりあえずメニューの中から発見した、知っている二つを注文するリヴィア。この二つも、リヴィアの行くラーメン屋の数倍の値段だった。

「かしこまりました」

給仕が一礼し、部屋を出ていった。

「ふう……」

緊張が緩んでため息を吐いたリヴィアに、ミコトがからかうように笑う。

「ふふ、昼間のラーメン屋ではあんなに手慣れた感じだったのに、随分《ずいぶん》ぎこちないね」

リヴィアは少し頬を赤らめ、

「こ、こんな立派な店に来るのは初めてなのです。某《それがし》の知っている中華料理屋とは全然違いますね……」

望愛《のあ》の部屋で食べていた宅配の料理も基本的にジャンクフード寄りだったので、高級料理にはまったく馴染《なじ》みがない。

「ミコト殿はこういう店によく来られるのですか？」

「子供の頃はたまに連れてきてもらっていたよ。大人になってからは全然」

「そうなのですね」

二人が話していると、間もなく飲み物が運ばれてきた。

スパークリングワインを一口飲み、

「ふむ、このスパなんとか……少しシャンパンと似ていますね」

リヴィアが言うと、ミコトは笑って、

「いや似てるっていうか、シャンパンはスパークリングワインの一種だよ」

「え!?」

驚くリヴィアに、

「フランスのシャンパーニュ地方で作られた中で、特別な基準を満たしたスパークリングワインのみがシャンパンと呼ばれるんだ」

「なるほど……。望愛《のあ》殿の家でドンなんとかとかルイなんとかという名前のシャンパンをよく飲んでいたのですが、そんな特別なものだったのですか？」

リヴィアの言葉にミコトは半眼になり、

「……もしかしてドン・ペリニヨンとルイ・ロデレール？」

「あ、それですそれです」

「その二つはシャンパンの中でも最高級の銘柄だよ……」

「そうなのですか!?　シュワシュワで飲みやすくてどんな料理にも合うので、迷ったらとりあえずシャンパンを選んでました……」

「食中酒として万能なのは間違ってはないけど……もしレストランでそんなとりあえずビールみたいなノリでドンペリ頼んだら、ソムリエがブチキレるだろうね。ホストクラブだったら最高のお客さんだけど」

ミコトは苦笑し、

「しかし、よほどのお金持ちなんだね、その望愛という人は」

「はい。ミコト殿と同じく会社、のようなものを経営しておられて。……まあ、逮捕されてしまいましたが……」

そうこうしているうちに、料理が次々と運ばれてくる。

慣れ親しんだ町中華とはまた違った美味《おい》しさに舌鼓《したつづみ》を打つリヴィア。

知っている料理のつもりだった海老《えび》チリも、

「かっ、げほっ!?」

勢いよくかぶりついた途端、リヴィアはむせてしまった。

リヴィアが食べ慣れた海老チリのようなとろみもなく、ケチャップの甘みもなく、非常に辛くて飲み込んだあとも舌に痺《しび》れが残る。それでいて海老本来のジューシーな旨味《うまみ》はしっかりと感じられた。

「はは。ここの海老チリは辛みと痺れをしっかり効かせた本格四川《しせん》風らしいからね。昼に食べたのとは全然違うと思うよ」

「なるほど……辛いですが、これはこれでとても美味しいです。……ふむ、この味付けはバッタにも合うかもしれませんね……」

「は？　バッタ？」

ふと思いついて口にしたリヴィアに、ミコトが聞き返す。

「はい。某《それがし》はバッタが好きなのです」

「……好きというのはその、もしかして食べ物として？」

訝《いぶか》しげに確認してきたミコトにリヴィアは頷《うなず》き、

「はい。ホームレス時代にはよく食べていました。海老《えび》のような味で美味《おい》しいですよ。もうじき河原にバッタが戻ってくるはずですし、またバッタを食べたいと思っていたところなのです。ミコト殿にもご馳走しましょうか?」

「いや結構。私のやりたいことリストにバッタを食べるのは入ってないんだ」

「そんな遠慮なさらず」

「遠慮じゃない。普通にやだよ」

断固として拒否するミコトに、リヴィアは食い下がる。

「本当に美味しいのですよ? 望愛《のあ》殿などは、某《それがし》が揚げたバッタの天ぷらのことをこれまで食べた料理の中で一番の美味とまで言っておりました」

「そこまで!?」

「はい」

「ふむ……望愛という人は舌が肥えてそうだし、ちょっと興味が出てきたな……」

「ならばものは試しにぜひ!」

全力でバッタを推すリヴィアに、ミコトはついに折れた。

「わかったよ。今度食べさせてもらおうか」

「はい!」

リヴィアは満面の笑みで頷いた。

それからも二人はひたすら食べ続け、追加で干し鮑《あわび》のオイスターソース煮込み、フカヒレの姿煮、八宝菜、なまこの煮込み、上海《シャンハイ》焼きそば、豚の角煮を注文し、デザートにごま団子と杏仁豆腐《あんにんどうふ》を頼んですべて平らげた。酒もスパークリングワインだけでなく、紹興酒《しょうこうしゅ》と青島《チンタオ》ビールも飲んだ。

「リヴィアのおかげで色んな料理を食べられたよ。一日にこんなにたくさん食べたのは生まれて初めてだ」

椅子に背中を預けながら、満足げにミコトが言った。

出てきた料理は基本的に四分の一くらいをミコトが食べ、リヴィアが残り全部を食べていたのだが、量も品数も多かったので四分の一でもかなりの量である。

「ミコト殿もかなりの健啖家《けんたんか》ですね。この調子なら病気などすぐに治ってしまうのでは？」

リヴィアが言うと、

「はは、それは逆だよ」

ミコトは口の端を吊り上げて言った。

「逆？」

「ちょっと前までは治療のために食事を制限されて外出も全然できなかったけど、もうどうやったって快復は見込めないから、何も気にせずに好きなものを食べて好きなように行動できるようになったんだ」

そんなあまりにも重たい事実を。

ミコトは、あまりにもあっけらかんとした声で、あまりにも穏やかな笑顔を浮かべてリヴィアに告げたのだった。

ところで、これはバレバレなのだが。

剣持命《けんもちみこと》は、もうすぐ死ぬ。

さいばん！

4月7日　18時12分

木下望愛《きのしたのあ》が起訴されて一週間。

彼女の身柄は引き続き警察の留置場に収容されていた。

本来なら判決が確定していない被告人は、法務省の施設である拘置所に収容されるのだが、日本では拘置所の数が足らず、留置場で代用されることが多い。

「関田優真《せきたゆうま》さんについて調査させてもらいました」

接見にやってきた望愛の弁護人、愛崎《あいさき》ブレンダはそう切り出した。

関田優真――ワールズブランチヒルクランのメンバーであり、ひるがの電器の役員である関田広明《ひろあき》の息子で、望愛のインサイダー取引を警察に告発した人物である。

「彼は『大輪《たいりん》の家』と繋《つな》がりがあることがわかりました。……木下さんはもちろんご存知ですよね、大輪の家のことは」

「はい。わたくしの兄が代表を務める福祉団体です」

望愛は頷《うなず》く。

大輪《たいりん》の家は、十歳以上離れた望愛《のあ》の兄、皆神統悟《みなかみとうご》が運営している組織で、表向きは福祉団体だがワールズブランチヒルクランと同じく金華の枝の下部組織である。

学生中心のワールズブランチヒルクランと違って、高齢者層を主なターゲットにしているのだが、金華の枝のために金を稼ぐという役割は変わらない。

「調査によると、関田優真《せきたゆうま》があなたのクランに入会したのは半年ほど前のことです。しかし彼はそれより前から大輪の家の幹部と接触していたようです。おそらく関田優真は大輪の家から送り込まれたスパイで、木下《きのした》さんは罠にはめられたのです」

「そうでしょうね」

「気づいていらしたのですか?」

「はい」

意外そうな顔をするブレンダに、望愛は少し悲しげに頷《うなず》いた。

金華の枝の下部組織は、教祖である皆神招平《しょうへい》の子供たちがそれぞれ運営している。彼は子供たちの中で最も優れた者を自分の後継者にすると宣言しており、つまり望愛ときょうだいたちは、次の教団トップの座を巡って競い合う関係にあるのだ。

類《たぐ》い希《まれ》なカリスマ性で順調にクランのメンバーを増やし、さらにはコンピューターを駆使して映像や音楽制作もこなし、個人としても株で利益を上げている望愛は、他のきょうだいたちにとって目障《めざわ》りな存在だったのだろう。

中でも長兄である統悟の『大輪の家』は、昔ながらの霊感商法を主な収入源としており、昨今は半グレ組織などによる特殊詐欺《さぎ》に押されて衰退している。望愛に対して何か仕掛けてくるとすれば彼だろうという予感はあった。

「わたくしは教団の後継者争いになんて興味がないのですが……困ったものです」

ただ父に命じられるままワールズブランチヒルクランを立ち上げ、なぜか成功を収めてしまったが、もともと教団のことなどどうでもよかった。

リヴィアという本物の救世主に出逢《であ》った今となっては、金華の枝とはどうにかして縁を切りたいと考えていたほどだ。

「悪意によってインサイダー取引を行うよう誘導されたということであれば、情状酌量《じょうじょうしゃくりょう》が認められる可能性は高いでしょう」

「そうですか。ではその方向でお願いします」

愚兄の思惑どおりにいくのは癪《しゃく》だが、有罪となれば望愛は後継者争いから降ろされることになるだろう。

警察はどうやら望愛の逮捕で金華の枝本部に揺さぶりをかけたかったようだが、おそらく教団は無関係を貫く。

教団がクランごと望愛を切り捨ててくれれば願ったり叶ったりだ。

教団と縁を切り、ワールズブランチヒルクランは、純粋にリヴィア様ファンクラブとして生まれ変わる。

「……本当に、無罪ではなく情状《じょうじょう》酌量《しゃくりょう》を狙う方針でいいんですね？」

「はい」

どこか不満げな弁護士の口ぶりが気になりつつも、望愛《のあ》は頷《うなず》いたのだった。

5月16日　9時53分

望愛の起訴から約一ヶ月半。

ついに岐阜地方裁判所にて、望愛の初公判が行われる時がやってきた。

弁護人席に座る愛崎《あいさき》ブレンダは、緊張を覚えつつ法廷内を見回す。

被告人の望愛は、二人の刑務官に挟まれて、傍聴席に背を向ける形で座っている。服装はスウェットで、その表情は落ち着いている。

傍聴席は満席。その中には鏑矢《かぶらや》惣助《そうすけ》の姿もあった。

今回のように注目度が高く傍聴希望者の多い裁判の場合、抽選になるのだが、どうやら無事に傍聴券を手に入れることができたらしい。

惣助と目が合うと、惣助は僅《わず》かに手を上げて会釈してきた。ブレンダもそれに対し、微《かす》かに笑みを浮かべて応える。

（今のやりとり、なんだか内緒《ないしょ》で付き合っている恋人同士みたいではなかったかしら⁉）

密《ひそ》かに興奮しつつ、

（惣助クンが見ているのだもの……いいところを見せないとね）

呼吸を整え、気持ちを奮い立たせるブレンダ。

平日のためサラはいない。

他には望愛のバンドメンバーである弓指明日美《ゆみさしあすみ》と、ワールズブランチヒルクランの副代表である葛西明斗《かさいあきと》も傍聴席にいるが、リヴィアの姿はない。

ブレンダの対面、検察側の席に座っているのは検事の大西秀樹《おおにしひでき》。

少し気弱そうな顔つきをした小太りの男性で、年齢は三十一歳、独身、恋人なし。好きなものは特撮番組、好きな食べ物は炒飯《チャーハン》、お酒は飲めないエトセトラエトセトラ……。何故《なぜ》ここまで詳しいかというと、取り調べで望愛が聞き出したからだ。

一応彼が今回の裁判でブレンダが直接対決する相手ということになるのだが、彼は被告人に対して同情的で、なるべく軽い量刑になるよう手心を加えてくれるとのことらしい。

（自分から起訴されに行ったかと思えば検事を懐柔していたり、つくづくイレギュラーな依頼人だわ……）

現在のブレンダの服装はいつものドレス姿ではなく特注品の白いスーツで、胸元には弁護士バッジが輝いている。

法廷における弁護士の服装に規定はないのだが、あまり奇抜な格好だと裁判官や裁判員に悪印象を与える可能性があるため、ほとんどの弁護士は無難にスーツを着用するのだ。

検察官も同様で、大西《おおにし》検事の服装は黒いスーツ。

裁判官のみ、裁判所から支給された黒い法服と決まっている。

開廷時間の午前十時になり、裁判官が入廷してきた。裁判官は四十歳くらいの男性である。

傍聴人を含め法廷内にいた全員が起立し、裁判官が席につく前に一礼したのに合わせて、全員で礼をして着席する。

かくして裁判が始まった。

「被告人は証言台の前に立ってください」

裁判官の指示で望愛《のあ》が証言台に立つ。

裁判官が望愛に名前や生年月日、住所、職業などを尋ね、彼女が間違いなくこの裁判の被告人本人であることを確認する。

続いて検察官が起訴状を朗読。

裁判官が被告人に黙秘権などについて説明。

「先ほど検察官が読み上げた起訴状の内容に間違っているところはありますか」

裁判官の質問に、望愛が「間違いありません」と回答し、ブレンダも「被告人と同様です」

と述べた。

これまでの流れを冒頭手続きと呼び、続いて証拠調べ手続きへと入る。

まずは検察によって、被告人の生い立ちやインサイダー取引に至った経緯など、これから証拠によって証明しようとしている事実が読み上げられる。

その後、証人が法廷に入ってきて証言台の前に立った。

二十歳くらいの若い男である。

「宣誓書を朗読してください」と裁判官が指示し、書記官が「起立してください」と法廷内の人々に言う。

裁判官と書記官以外が起立したあと、証人が証言台に置かれた宣誓書を読み上げる。

「宣誓。良心に従って真実を述べ、何事も隠さず、偽《いつわ》りを述べないことを誓います。関田優真《せきたゆうま》」

宣誓が終わると、証人を含め全員が着席する。

関田優真――望愛と自分自身のインサイダー取引を警察に通報した男である。

「法律により宣誓をした証人が虚偽の陳述をした場合、偽証罪に問われることがあります。よろしいですね？」

「はい」

裁判官に問われ、関田が頷《うなず》いた。

それから検察による尋問が始まる。

「まずは自己紹介をお願いします」

「関田優真《せきたゆうま》、二十歳。大学生です。木下望愛《きのしたのあ》さんが代表をしている、ワールズブランチヒルクランという団体に入ってました」

「入っていたということは、今は退会されたということですか？」

「はい」

「ワールズブランチヒルクランというのはどのような団体なのですか？」

「大学生が中心のボランティア団体です。ホームレスへの炊き出しをしたり、清掃活動をしたり。それから、代表の望愛さんから神の教えを学びます」

「つまり宗教団体的な側面も持っているということですね？」

「はい」

「クランにはホームと呼ばれる活動拠点があるそうですね」

「はい。クランのメンバーは百人くらいいて、半分くらいのメンバーはクランのホームで共同生活をしています」

「関田さんはホームで生活していたんですか？」

「いえ、僕は実家から通っていました」

「あなたは今年の一月十三日の午後四時頃、クランのホームにある告解室《こっかいしつ》と呼ばれる部屋で、被告人にひるがの電器による江里口《えりぐち》製作所の買収計画を伝えた。間違いありませんか？」

「はい」

「そのときの音声データが、甲第二号証として提出したこちらです」

大西《おおにし》検事がレコーダーから音声を再生する。

『……どうか聞いてください。僕の父の会社が、近々他の会社を買収するそうです。父の会社は上場企業で、買収が発表されたら株価が大きく上がること間違いなしだと父は自慢していますが、買収される会社にも大勢の社員がいて、その人たちはきっと悲しむことでしょう。どうか父が他の人を不幸にする罪をお許しください……』

音声を切る。

「関田さん。これはあなたの言葉で間違いありませんね？」

「はい」

「告解という形を借りて、被告人に重要事実を伝えた。そうですね？」

「はい」

と、そこで裁判官から疑問の声が上がる。

「録音されているのは証人の声だけですか？　被告人の声は？」

「告解室は、利用者が仕切りの向こうにいる被告人に向かって一方的に告白するというシステムになっています」

検事が答えると、裁判官はさらに、

「今の音声には、ひるがの電器の名前が出てきていませんが。聞いたところでどの会社の話なのかわからないのでは？」

「告解室《こっかいしつ》は予約制となっており、誰が利用したのかクランの代表である被告人は容易に知ることが可能なのです」

「なるほど」

裁判官が納得し、

「検察からは以上です」

「では弁護側、反対尋問をおこなってください」

「はい」

ブレンダは返事をして立ち上がる。

（いよいよね……）

罪を犯すよう仕向けられたという方向で情状酌量《じようじようしやくりよう》を狙うのであれば、関田《せきた》と『大輪《たいりん》の家』についての関係を追及し、関田が悪意を持って望愛《のあ》に情報を提供したことを証明するのがブレンダの役目だ。

しかしブレンダが口にしたのは、それとは無関係の質問だった。

「関田さん。あなたはひるがの電器の役員であるお父さんから、江里口《えりぐち》製作所の買収計画を聞いたということで間違いありませんか？」

「はい」

「お父さんは普段からあなたに会社の機密情報をペラペラ喋《しゃべ》るのですか？」

「父はお酒を飲んで酔っ払うと、いつも会社での自慢話をするんです。自分がどれだけ功績を上げてきたかとか、部下に尊敬されてるかとか」

「買収の話を聞いたのも、お父さんが酔っ払っていたときですか？」

「はい」

「その話を聞いていたのはあなただけですか？」

「いえ、一緒に夕飯を食べていた母と弟も聞いていました」

「ちなみに、お父さんがその話をしたのはいつのことでしたか？」

「はっきりとした日付までは覚えてないですが、去年の十二月の中頃でした」

と、そこで裁判官が口を開いた。

「弁護人。証人がいつどのように情報を手に入れたかは、この裁判にはあまり関係がないように思えますが？」

ブレンダは「そのとおりです」と裁判官の言葉を肯定しつつ、

「重要なのはこの証人ではありません」

「はい？」

裁判官だけでなく、証人や検事、望愛も困惑の色を浮かべた。

ブレンダは手元の資料から一枚の紙を取り出し、

「こちらは去年の十二月十六日二十時三十二分にツイッターに投稿された文章です。読み上げます。えー、『クソジジイが晩飯んとき今度ライバル会社を買収するとかめっちゃ自慢してきてクッソウゼー絵文字うんざりした顔。テメーの会社の話なんか家族の誰も興味ねーんだわダブリューダブリューダブリューダブリューダブリューダブリューダブリュー』……以上です。こちらのアカウント名はみちみっちゃー。アカウントの所有者は現在高校二年生の関田光弘《せきたみつひろ》さんだと判明しています」

「え!?」

関田が驚きの声を上げた。

「そう、関田光弘さんは、いま証言台に立っている関田優真《ゆうま》さんの弟です。ちなみにこのアカウントは現在も存在しています。関田さん、あなたは弟さんのアカウントのことを知っていましたか?」

「い、いえ。知りませんでした」

「まあそうでしょうね。主に学校の友達と交流しているだけのアカウントですから。しかし問題は、このアカウントが非公開設定ではなく、世界中の誰もが先ほどの投稿を閲覧できる状態にあったということです」

「ま、まさか……」

ブレンダの意図に気づいたらしく、大西《おおにし》検事が目を見開いた。

ブレンダは声の調子を強め、

「インサイダー取引は、会社に関する未公表の重要事実を関係者から入手して株取引を行うことで成立します。しかし本件被告人が関田優真さんから伝えられた情報は、その時点でとっくに世界中に公表されていたのです」

この裁判の争点を根本からひっくり返すブレンダの主張に、傍聴人たちがざわつく。

「静粛に！」

裁判官が注意し、それからブレンダに険しい顔で問いかける。

「……つまり弁護人は、被告人の無罪を主張する、ということですか？」

「こちらが求めるのはあくまでも、真実をもとにした適切な量刑です。しかし木下《きのした》さんの行為がインサイダー取引の要件を満たしていない可能性が出てきてしまった以上、それも視野に入れざるを得ませんね」

しれっと言ったブレンダに、裁判官はさらに顔をしかめ、

「しかし被告人は既《すで》に罪を認めているのでは？」

ブレンダはなおも落ち着き払って淡々と、

「被告人が認めているのは『関田優真さんから伝えられた情報をもとにして、ひるがの電器の株式を購入した』という事実のみで、それが罪になるのだと勘違いしてしまっているだけなの

です」

「な……！」

唖然《あぜん》とした顔をする裁判官。見れば大西《おおにし》検事も、忌々《いまいま》しげにブレンダを睨《にら》んでいる。

（……被告人に同情的であっても、さすがに検察の面子《メンツ》にかけて一度起訴した人を無罪にするわけにはいかないものね）

ちらりと望愛《のあ》の様子をうかがうと、彼女はブレンダに向けて引きつった苦笑いを浮かべていた。

「しかし弁護人。先ほどの投稿だけで『ひるがの電器が江里口《えりぐち》製作所を買収する計画が公表されていた』とするのは無理があるのではありませんか？」

「もちろんわかっています」

裁判官の指摘に対しブレンダは頷《うなず》き、さらに何枚か資料を取り出す。

「まず、同アカウントの過去の投稿には、アカウント主の顔や通っている学校が写っている写真が何枚もあり、このアカウントの持ち主が関田光弘《せきたみつひろ》さんであることは容易に特定できます。また、フォロワーに対する返信の中で自分の父親が岐阜の電器メーカーの役員であることを明かしており、父親である関田広明《ひろあき》さんの名前はひるがの電器の公式サイトに執行役員として載っています。先ほどの投稿に出てきた『テメーの会社』というのがひるがの電器であることを推測することは十分に可能なのです」

「な、なるほど」

「さらにこちらをご覧ください」

ブレンダは裁判官と検事に一枚の紙を配る。

「これは？」

「去年の十二月二十日に作成された、公立沢良《さわら》中学校の校内新聞のコピーです」

「こ、校内新聞？」

困惑の声を上げる裁判官。

「左下にあるコラムをご覧ください」

ブレンダはそう言って、校内新聞のコラムを読み上げる。

「『僕の父は会社を経営している。僕の祖父が作った会社で、今年で創業六十四年になる。そんなに大きな会社ではないし、あんまり儲《もう》かってないらしいけど、従業員の人たちはみんな自分の会社の製品に自信と誇りを持っている。僕は子供のころから工場を見学するのが大好きで、大人になったらここで働き、いつかは父の跡を継ぎたいと思っていた。でも、そんな会社がもうすぐなくなることになった。』――」

そこには中学生にしては巧みな文章で、父親の会社が同業他社に買収される悲しみと、会社がなくなってもそこで生み出された製品や技術はこれからも生き続けることへの希望と誇りが綴られている。

ブレンダは朗読を途中で切り上げ、

「こちらのコラムコーナーは、中学の新聞委員会のメンバーが持ち回りで担当しており、この回を執筆したのは当時三年生だった江里口《えりぐち》巧《たくみ》君。ひるがの電器に買収された、江里口製作所の社長、江里口幸作《こうさく》氏の息子さんです」

またもざわつく廷内に、裁判官が「静粛に！」と注意した。

静かになったところでブレンダは話を再開する。

「沢良《さわら》中学校の校内新聞は、七年前のものからすべて学校のウェブサイト内で公開されており、このコラムもまた、買収が発表される一ヶ月ほど前から世界中の誰でも閲覧することが可能でした。コラムには会社の名前は書かれていませんが、執筆者の江里口巧君の名前は書かれており、沢良中学校の学区内に江里口という名前のつく会社は江里口製作所一つしかないことから、コラムに書かれている会社が江里口製作所だと特定することは容易です。『同業他社による買収』という情報と、先ほどの関田光弘《せきたみつひろ》さんのツイッターの情報を統合すれば、『近々ひるがの電器が江里口製作所を買収する』という解答を導き出すことが可能なのです」

つらつらと述べたあとブレンダが「以上です」と話を終えると、すぐに大西《おおにし》検事が口を開く。

「た、たしかに理論上は誰でも重要事実を知り得た可能性はありますが……だからといって一個人のＳＮＳと中学校の校内新聞を根拠に『公表されていた』とするのは机上の空論であると言わざるを得ません！」

「ふむ……今の検察の指摘についてどう考えますか、弁護人」

裁判官が険しい顔でブレンダに言った。そこでブレンダは、

「では裁判長。ワタシの主張が机上の空論でないことを示す証人をお呼びしても宜《よろ》しいでしょうか？」

「……許可します」

こうして、関田優真《ゆうま》が退廷し、入れ違いで二人目の証人が法廷に入ってくる。

彼も関田のときと同じく宣誓を行い、

「近本明夫《ちかもとあきお》、二十七歳。デイトレーダーっす」

「近本さん。アナタは今年一月、ひるがの電器による江里口製作所の買収が発表される一週間ほど前に、ひるがの電器の株を購入していますね。それはなぜですか？」

ブレンダが訊《たず》ねると、証人の近本は、

「たまたま自分のツイッターのタイムラインにみちみっちゃーって人の呟《つぶや》きが流れてきて。なんとなく追ってたら親父の会社が他の会社を買収するって話を見つけて、気になって過去ツイ追ってみたら、ひるがの電器の役員の息子っぽいことがわかって。ほんとかなーって思いつつ試しに買ってみたんす。……あの、これ、もしかして俺も罪になるんすか？」

「インサイダー取引になるのは、関係者が明確な意思を持って重要事実を伝えた場合だけです。第三者がたまたま知ってしまったことで罪に問われることはありませんのでご安心を。

「……弁護側からの質問は以上です」

ブレンダが告げ、裁判官が「検察側、反対尋問はありますか？」と訊《たず》ねる。

「……ありません」

大西《おおにし》検事が苦々しい顔で応えると、ブレンダはさらに、

「では次の証人をお願いします」

三人目の証人も宣誓を行い、

「花田真由《はなだまゆ》、三十八歳、専業主婦です。趣味で投資をしております」

「アナタは昨年十二月末にひるがの電器の株を購入していますね。それはなぜですか？」

先ほどと同じ質問をするブレンダ。

「母校のホームページに載っていた校内新聞に、自分の父親の会社が買収されるという内容のコラムがあって」

「母校というのは沢良《さわら》中学校のことですか？」

「はい」

「ありがとうございます。続けてください」

「ええと、コラムの会社が江里口《えりぐち》製作所ということはすぐにわかって、買収しようとしているのはどこの会社だろうとあれこれ調べているうちに、江里口製作所と同じ業界でここを買収するとしたらひるがの電器かなと当たりをつけて、株を買わせていただきました」

「その推測は見事的中したわけですね。つまりコラムの内容は、買収計画を突き止めるのに十分なソースであったということでしょうか」

「はい」

「い、異議あり！　誘導尋問です！」

大西が慌てた様子で異議を唱え、「異議を認めます」と裁判官。

（「異議あり！」はワタシが言いたかったのだけれど）

ブレンダはそんなことを思いながら余裕の表情で、

「では今の質問については取り消します。弁護側からは以上です」

「検察側、反対尋問は」と裁判官。

「……ありません」と検事。

ブレンダはさらに次の証人を呼ぶ。

三人目の証人もまた、先の二人と同じようにネットに出ていた情報を根拠にひるがの電器の株を購入したと証言した。

証人が退廷したあと、

「他にも数名、ツイッターや校内新聞を根拠にひるがの電器の株を購入した方を発見したのですが、残念ながら今日は都合がつきませんでした。ですがこれで、現実にこの情報をもとにして株を購入した人が何人もいる以上、たとえ一個人のツイッターと校内新聞であっても、本件の重要事実は被告人が聞かされるより前に、とっくに世間に公表されていたとみなしても何ら問題ないことが証明できたのではないでしょうか！」

ブレンダが力強くそう言うと、傍聴席から「おお……」と驚きや賞賛の色を帯びたどよめきが起こり、傍聴席の前では木下《きのした》望愛《のあ》が頬を引きつらせていた――。

5月16日　11時54分

望愛の初公判が閉廷となったあと、ブレンダが裁判所の出口に向かって歩いていると、その先に鏑矢《かぶらや》惣助《そうすけ》が立っていた。

「お疲れ様です」

ブレンダの姿に気づくと、惣助が声をかけてきた。

「くふふ……約束どおり見に来てくれたのね。ありがとう」

「傍聴券が抽選って聞いたときは焦《あせ》ったけど、入れてよかったです。マジでかっこよかったですよ」

笑みを浮かべて賞賛する惣助に、ブレンダの顔が熱くなる。

「そ、そう。でも、それもアナタのおかげよ」

「お役に立ててよかったです。まあ、アレを見つけたのはサラなんだけど」

江里口巧《えりぐちたくみ》のコラムが載っていた沢良《さわら》中学の校内新聞をブレンダのもとに持ってきたのは、惣助とサラだった。


――くふふ……見ていなさい木下望愛……たとえアナタが有罪を望もうと、裁判で無罪を勝ち取ってみせるわ……！

――その意気です先生！


閨春花《ねやはるか》にはああ言ったものの、現実的には情状酌量《じょうじょうしゃくりょう》を訴える方針でいくしかないと考えていたのだが、あのコラムによって一筋の光明が見えた。

そのあと、他にもなにかネット上に使える情報がないかと草薙《くさなぎ》探偵事務所に探させ、見つかったのが関田光弘《せきたみつひろ》のアカウントだ。

木下望愛は何故《なぜ》か有罪になりたがっているようだったので、このことは彼女には伝えず、公判中にいきなりぶちかますことにした。

ちなみにブレンダが呼んだ三人の証人は、買収が発表される少し前にたまたまひるがの電器の株を買っていただけであり、草薙探偵事務所の力で弱みを握って、ツイッターと校内新聞をもとに株を買ったと証言させた。紛うことなき偽証であり、もしバレたらブレンダの弁護士生命は終わる。

「出るといいですねー無罪判決」

惣助《そうすけ》の言葉にブレンダは微苦笑を浮かべ、

「まあ、確率としては五分五分かしらね」

「え、マジで？　今日の流れだと、完全にあんたが勝った感じに見えたけど」

驚く惣助にブレンダは淡々と、

「インサイダー取引における『公表』の定義にネットは含まれてないのよ。ただ、最近は個人のＳＮＳやウェブサイトを公共のメディアとみなすような判決も多く出ているから、裁判官がそこをどう考えるかね」

口では五分五分と言ったものの、実のところ判決がどうなるかまったく予想できないというのが正直なところである。

それでも、やれるだけのことはやった。

これまで味わったことがないほどの充実感を覚えながら、ブレンダは歩いていくのだった。

５月１６日　１８時３４分

その夜、木下望愛《きのしたのあ》のもとに、弁護士の愛崎《あいさき》ブレンダが接見に現れた。

「先生、あなたはクビです。報酬《ほうしゅう》もお支払いできません」

「あら、それは残念」

冷淡な口ぶりで告げた望愛に、ブレンダは微苦笑を浮かべた。

「すんなり受け容《い》れるのですか？」

少なくとも報酬については食い下がられると思っていたので、望愛は意表を突かれた。

「依頼人の意に反する弁護をしてしまったのですから当然でしょう」

しおらしい態度のブレンダに、望愛は違和感しかない。

「報酬も本当にいらないというのですか？」

「必要経費くらいは支払っていただけると嬉《うれ》しいですね」

「…………」

望愛がじっと疑わしげに見つめていると、ブレンダは耐えかねたように「くふっ」と小さく噴き出した。

「なにが面白いのですか？」

するとブレンダは邪悪な笑みを浮かべ、

「だって……有罪率９９・９％のこの国で無罪を勝ち取ることができたら、ワタシの名前は法曹界に響き渡り、依頼が殺到することでしょう。それを考えたら一千万円くらい惜しくもなんともないわ」

「だからあんな無茶な弁護を……依頼人のわたくしさえ欺《あざむ》いて……」

「まあすべては判決次第なのだけれど、全力で賭《か》ける価値のあるギャンブルだったと思っているわ」

「ギャンブルって……」

臆面《おくめん》もなく言い放ったブレンダに、望愛《のあ》は呆《あき》れるしかなかった。

用は済んだとばかりに、ブレンダが接見室を出ていく。

（世の中にはとんでもない弁護士がいるものですね……）

望愛を留置場に戻すため部屋に入ってきた警官に、望愛は声をかける。

「あの……白取《しらとり》警部に至急お伝えしたいことがあるのですが」

5月17日　10時9分

翌日。

ブレンダのもとに、木下《きのした》望愛が過去に行った別のインサイダー取引について自供し、警察に再逮捕されたとの報告が入った。

「や〜ら〜れ〜たあああああ!!」

鬼の形相で叫び、両手で髪を掻《か》きむしるブレンダ。

「グキィイイイイ！　あ〜〜〜〜〜〜ッ!!　あ、あの腐れ×××の電波×××のカルト××××〜〜〜〜〜ッ!!」

「だ、大丈夫ですか……？」

放送禁止用語を連発して望愛《のあ》を罵《ののし》るブレンダに、報告書を持って事務所に来ていた鏑矢《かぶらや》惣《そう》助《すけ》が、ドン引きした顔で訊《たず》ねる。

ブレンダはハッとなり、とりあえず呼吸を整える。

「はぁ、はぁ、はぁ………っ、つい取り乱してしまったわ……ごめんなさいね……」

「あ、ああ、はい」

ブレンダは机に置かれたコーヒーを飲み、深々とため息を吐いた。

「はぁ……これですべてがパーよ……」

すると惣助が不思議そうに、

「あんたが弁護した事件と、木下《きのした》が新しく自供したインサイダー取引は別だろ？　あんたが昨日の裁判で無罪を勝ち取った……かどうかはまだわかんないけど、その結果が消えるわけじゃないだろ」

「それが違うのよ」

惣助の言葉をブレンダは否定する。

「併合罪と言ってね。同一人物による判決が確定していない複数の犯罪について同時に起訴された場合、裁判ではまとめて判決が下されるのよ。だからたとえひるがの電器の件ではインサイダー取引が不成立だったとしても、別の事件で有罪と判断されれば、最終的な判決は有罪になってしまうの」

「へえ……そんな仕組みが……」

ブレンダはがっくりとうなだれる。

「あぁ……この国で無罪を勝ち取った弁護士の称号は夢と消えたわ……」

そんなブレンダに惣助は困った顔で、

「ええと、なんて言ったらいいか……まあその、ドンマイ。じゃあ俺はこれで……」

「お待ちくださいい鏑矢様」

そそくさと帰ろうとした惣助を盾山《たてやま》が呼び止めた。

「はい？」

「鏑矢様。気落ちしているお嬢様を慰《なぐさ》めてあげていただけませんか」

「え？」

「はあっ!?」

ブレンダは慌てて顔を上げ盾山を見る。

盾山《たてやま》はいつもの無表情のまま淡々と、

「本来ならお嬢様のメンタルケアも私の役目なのですが、あいにく業務が立て込んでおりまして」

すると惣助《そうすけ》は戸惑いを浮かべつつ、

「うーん、まあいつも世話になってるし、俺でよかったらなんでも言ってくれ」

「な、なんでも!?」

目を見開いて確認するブレンダに、「ああ」と頷《うなず》く惣助。

(こ、これは千載一遇のチャンスなのではないかしら!? よくやったわ盾山!)

ちらりと盾山を見ると、彼女は微妙にドヤ顔を浮かべていた。

ブレンダは裁判で疲弊した頭脳を全力で回転させて最良の答えを考える。

(なんでもよ? なんでも言っていいのよ? いえでもこれはさすがに唐突すぎるかしら……怖いし……でもこんな機会は滅多にないわ。いつの間にかあの泥棒猫は惣助クンの家で一緒に夕飯を食べることまであると言うし……モタモタしている時間はないわ……! 勇気を出すのよワタシ!)

意を決したブレンダは、頰を真っ赤にしながらおずおずと、

「じゃ、じゃあ…………付き合って」

「わかった」

「いいの!?」

惣助に即答され、喜びよりも驚愕《きょうがく》が先に来た。

「ああ。飯でも買い物でも、なんでも付き合いますよ」

（そんなことだろうと思ったわ！）

そう口に出しそうになるのをこらえ、ブレンダは笑顔を取り繕い、

「そ、そうねえ……じゃあディナーにでも付き合ってもらおうかしら」

「了解。……なんでもとは言ったけど、あんまり高いところは勘弁してください」

甲斐性《かいしょう》のないことを言う惣助に、

「え、もしかして惣助クンがご馳走してくれるの？」

「まあ、一応そのつもりです」

「そ、そう。じゃあせっかくだから、お店は惣助クンにお任せするわ」

貧乏探偵の惣助のことなのでファミレスとかラーメン屋を選ぶ可能性も考えられたが、ブレンダとしては惣助と二人で外で食事ができるというだけで舞い上がってしまう。

「了解。なら明後日の夜は空いてますか？　ちょうどサラの学年旅行の日なんで」

（!?　つまり食事のあと惣助クンの家に行けばおうちで二人きりということ!?　家で飲み直していい感じになった流れでそのまま——）

「あの……？」

妄想を捗《はかど》らせるブレンダに、惣助《そうすけ》が怪訝《けげん》な顔をする。

「あ、空いているわ！」

「じゃあ明後日の夜で。店予約したらまた連絡します」

そう言って惣助は事務所から出て行く。

盾山《たてやま》もそれに付き添い、一人部屋に残されたブレンダは、

「やった――――!!」

思いがけず飛び込んできた惣助とのデートの予定に、ブレンダは望愛《のあ》への怒りなどすっかり忘れて歓声を上げるのだった。

美濃と飛騨

5月19日　8時32分

今日は沢良《さわら》中学校一年生の学年旅行の日である。

　学年旅行とは要するに修学旅行のようなものだが、沢良中学では三年生で行くのを修学旅行、一年生のを学年旅行と呼び分けている（ちなみに二年生には臨海学校がある）。

　一応違いはあり、修学旅行の行き先は生徒の希望によって変わるのだが、学年旅行の行き先は毎年決まっている。

　その行き先は、岐阜県飛騨《ひだ》地方、白川郷《しらかわごう》。

　合掌造《がっしょうづく》りと呼ばれる、急勾配《きゅうこうばい》の茅葺《かやぶ》き屋根が大きな特徴の建築様式の住宅で知られる集落で、ユネスコの世界文化遺産にも登録されている。

　もしかすると「修学旅行なのに同じ県内なの!?」と驚かれる人もいるかもしれないが、岐阜県は、南の美濃《みの》地方と北の飛騨地方の大きく二つに分けられる。

　岐阜市があるのは美濃地方で、肥沃《ひよく》な濃尾《のうび》平野を中心に古くから交通の要所として栄えてきた。天下人・織田信長《おだのぶなが》が拠点としたことからもその地理的重要性は明らかであろう。

一方の飛騨《ひだ》地方はほとんど山ばっかりである。戦国時代には姉小路《あねがこうじ》家というドマイナーな大名が治めており、ゲーム『信長《のぶなが》の野望』だと大抵いつの間にか滅んでいる超弱小勢力として、やりこみプレイヤーの間では地味に人気がある。

もともとは美濃国《みののくに》と飛騨国《ひだのくに》という完全に別の地方であり、方言も文化もかなり異なる。明治時代に行われた廃藩置県においても、最初は岐阜県と飛騨県は別であったが、その数年後、政府がどの県も石高が六十万石くらいになるように調整するために、美濃と飛騨を統合。

つまり美濃と飛騨が同じ岐阜県なのは、地理や文化ではなく経済の都合である。

そんな経緯もあって、現代においても岐阜県民は美濃と飛騨をほぼ別の県だと認識しており、美濃と飛騨を行き来することは立派な旅行なのである。

美濃地方には学校行事で飛騨に行く小中学校が多く、沢良《さわら》中学校もその一つだ。

午前八時半、サラたち一年生はクラスごとにバスに乗って白川郷《しらかわごう》に向かう。

白川郷までの道のりは三時間弱。

泊まるのは一泊だけだが、サラにとってはこれがこの世界に転移してきて初めての宿泊旅行である。

サラの席は一番後ろの五人席の真ん中で、隣はサラの希望により家臣の安永弥生《やすながやよい》と友達の沼《ぬま》田涼子《たりょうこ》。両端は『サラ様と同じ席争奪定規バトル』で勝利した生徒二人だ。

「はー、いよいよ出発じゃな！　楽しみじゃなー白川郷！　妾《わらわ》、楽しみすぎて昨日は眠れんかったわ！」

　バスが出発し、サラは沼田涼子にテンション高く話しかけた。

「べつにそんな面白いところじゃねーぞ？」

「わかっておるとも。六月に行われる祭りの日に毎年誰かが死んで誰かが行方不明になるというヤバい村なんじゃろ？」

「ひぐらしを真に受けてんじゃねえよ！」

　サラの言葉に涼子がツッコむ。

　ちなみに白川郷は、凄惨《せいさん》な殺人事件が起きるゲーム『ひぐらしのなく頃に』の舞台である雛《ひな》見沢村《みざわむら》のモデルとなっている。

「冗談じゃや。まったく涼子ちゃんは飛騨のことになるとすぐ熱くなるのう」

「うっせえ」

　涼子は少し頬を赤らめた。

「かかっ、たとえ変な形の家があるだけの娯楽も何もないクソ田舎じゃろうと、友達と一緒に旅をして寝食を共にすること自体が得難《がた》い経験となるのじゃ」

「友達でいてほしければ飛騨ディスんのやめろ」

　涼子は半眼でサラを睨《にら》んだ。

　と、そこで隣に座っていた安永弥生が、

「沙羅《さら》様、このバス、カラオケがありますよ。ぜひ沙羅様の歌をまた我々にお聴かせください！」

「まことか！　では歌うぞよ！」

サラが言うと、それを聞いたサラとは別の小学校出身の生徒たちが「沙羅様がカラオケを⁉」「卒業式で出席者全員を感涙せしめたという沙羅様の歌を聴ける日が来るなんて！」「このクラスでよかった！」と歓喜の声を上げた。

さっそくマイクがサラに渡され、

「白川郷《しらかわごう》に着くまでの三時間、皆ブチ上がってゆくぞよ！」

サラがマイクをONにして叫ぶと、バス内に歓声が響き渡る。

かくして始まった沙羅様バス内リサイタル。

卒業式では壮大なバラードを披露《ひろう》したサラだが、一曲目に選んだのはアップテンポなロックナンバー、RADWIMPSの『前前前世』だった。飛騨《ひだ》が聖地となっているアニメ映画『君の名は。』の主題歌である。

続いて、アニメ『氷菓』の主題歌である『未完成ストライド』、アニメ『安達としまむら』の主題歌『君に会えた日』、アニメ『のうりん』の主題歌『秘密の扉から会いにきて』、映画『ルドルフとイッパイアッテナ』の主題歌『黒い猫の歌』、アニメ『僕は友達が少ない』の主題歌『Be My Friend』、映画『氷菓』の主題歌『アイオライト』、映画『聲《こえ》の形』の主題歌『恋をしたのは』、映画『僕は友達が少ない』の主題歌『ひとつだけ』など、岐阜が舞台の作品関連曲縛《しば》りでリサイタルを行うサラ。

「……実写版『はがない』は岐阜作品じゃなくね？　あれロケ地たしか滋賀だぞ。思いっきり琵琶湖《びわこ》出てくるし」

涼子《りようこ》がツッコむと、

「細かいことを言うでない。妾《わらわ》が総理大臣になったあかつきには、滋賀県を岐阜に併合してくれよう！　安土城《あづち》も滋賀じゃし、信長《のぶなが》様の新旧本拠地を両方とも岐阜のものにするのじゃ！琵琶湖は岐阜湾と名を改める！」

サラの妄言に「うおおおおおおおおおお！　ぎーふ！　ぎーふ！　沙ッ羅様！　沙ッ羅様！」と盛り上がる生徒たち。

涼子だけは「アホしかいねえ……」と呆《あき》れ顔を浮かべるのだった。

そんなこんなで一時間以上熱唱を続けたサラだったが、バスが郡上八幡《ぐじようはちまん》を過ぎ、アニメ『のうりん』の劇中曲『ポニーテールの四十』を歌っている途中から徐々にその歌声が弱々しくなっていった。

「げっごんじ～だい～……す～ぐ～……うぅ……」

「おい大丈夫か？　顔色悪いぞ？」

異変に気づいた涼子が声をかけると、

「ぎ、ぎもぢわりゅい……」

サラは青ざめた顔でそう言ってマイクを落とした。

サラが一時間以上バスに乗り続けたのはこれが初めてである。しかも昨夜はほとんど寝ていない。

さらにこのバスは、有料道路を使わずに一般道路を通って白川郷《しらかわごう》へ向かっているのだが、少し前から狭くてカーブの多い山道に差しかかっている。

そんな状況で全力ではしゃぎ続ければ、酔うのは当然の流れであった。

「おい、誰か酔い止め持ってねーか?」

「あたし持ってる!」

涼子《りょうこ》の言葉に近くの席にいた生徒が答え、彼女から酔い止めを受け取った涼子はそれをペットボトルのお茶と一緒にサラに飲ませる。

「うう……すまぬ……」

とはいえ酔い止めは飲んですぐ効くものではなく、サラはなおもゾンビのような呻《うめ》きを上げ続ける。

「あ、あと十五分くらいでトイレ休憩ですから、頑張ってください!」

一番前の席で担任の岩田《いわた》が叫んだ。

「沙羅《さら》様、こんな状態になるまで私たちのために歌ってくださっていたなんて……!」

弥生《やよい》が目に涙を浮かべる。

「ほれ、これ」

涼子は自分の座席前の網ポケットからエチケット袋を取り出し、サラに渡す。

「こ、これは……？」

「ゲボ袋。我慢できなくなったらこん中に吐け」

「わ、妾《わらわ》が、ゲボを……？」

サラが愕然《がくぜん》として震える。

「ちょっと沼田《ぬまた》さん！　沙羅様はゲボなんて吐かないわ！」

弥生の言葉にサラも弱々しく頷《うなず》き、

「弥生の言う通りじゃ……妾は……ゲボなど吐かぬぞ……。この程度の不調……すぐに……治じ、て……」

言いながらサラが何やら目を閉じて眉間にしわを寄せるも、

「おお……気持ち悪すぎて集中できぬ……まさか魔術にこんな弱点が……ゲボインは……残念系ヒロインの仲間入りは嫌じゃあヴォエエエエエエエエエエェェェェェェェ」

ついにサラはエチケット袋の中に盛大にぶちまけた。

「ギャー！　沙羅様がゲボをお吐きになられた！」

「沙羅様ああああああ!!」

「うう、沙羅《さら》様、なんとおいたわしい……！」

まるでサラが死んだかのようにバス内が悲しみに包まれる。

「ゲボくっせ。全部吐いたらはやく袋縛《しば》れよ？」

「はい……」

顔をしかめて言った涼子《りょうこ》に、吐いてちょっとスッキリしたサラはしょんぼりした声で頷《うなず》き、エチケット袋の口を閉じるのだった。

5月19日　11時38分

道の駅『清流の里しろとり』で休憩を挟んだのち、さらに北上すること約一時間。

ようやくサラたちは目的地の白川郷《しらかわごう》へと到着した。

ちなみに休憩後のサラは席を担任の隣の一番前に移し、カラオケも歌わなかったのだが、「沙羅様の遺志は私たちが継ぎます！」と弥生《やよい》が主導して喉《のど》自慢大会（引き続き岐阜関連作品曲縛り）が開催され、かなり盛り上がった。

「は〜〜〜田舎の空気は美味《うま》いのう！」

バスを降り、深呼吸してサラが言った。

「沙羅様、お加減はもう宜《よろ》しいのですか？」

心配そうに言う弥生に、

「うむ。妾《わらわ》完全復活。もう二度とあのような失態は見せぬ」

サラはにこやかに笑って答えた。

「調子に乗ってるからだ。ちょっとは反省しろ」

涼子に言われてサラは少し赤面し、

「迷惑をかけてすまぬ……。しかし涼子ちゃんがあんなに歌上手《うま》かったとはのう。ヤンキーなのに選曲も意外じゃったし」

バスの中で涼子が歌ったのは、クリスタル・ケイの『LOST CHILD』（映画『サトラレ』の主題歌）だった。

スローテンポな切ないナンバーなのだが、涼子はそれを原曲そのままのハイトーンボイスで見事に歌い上げた。

「い、いいだろべつに好きなんだから」

「うむ、全然よい。涼子ちゃんの歌もっと聴きたいので今度カラオケ行こ？」

「気が向いたらな」

喋《しゃべ》りながら整列し、他のクラスも一緒に移動する。

沢良《さわら》中学一年生一同が最初に訪れたのは、団体客も入れる大きな食堂だった。まずはここで昼食というわけだ。

席に座って待つことしばし、出てきたのは朴葉味噌《ほおばみそ》定食。

朴葉味噌とは飛騨《ひだ》の郷土料理で、味噌をネギや山菜、豆腐や肉などに絡め、朴の葉に載せて焼く。ここで出てきたものはネギとシメジ、豆腐と豚肉で、豚肉は飛騨旨豚《うまぶた》というブランド豚である。

朴葉味噌の他には、白米、わんこそば、山菜の煮物、漬物、ニジマスの甘露《かんろ》煮。

朴葉味噌の鍋が置かれた卓上ミニコンロの下にある青い固形燃料に、店員が順番に火をつけていく。

「おお〜、これが伝説の謎の青い固形燃料かや！　本物を見るのは初めてじゃ」

火のついた固形燃料を見てサラがはしゃぐ。

全員のコンロに火がついたところで、

「手を合わせてください！　いただきます！」

「「「「「いただきます！」」」」」

各クラスごとに旅行委員の音頭で合掌《がっしょう》し、食事が始まる。

吐いて胃が空っぽになっていたサラは、勢いよく料理にぱくつく。

「朴葉味噌が煮えるまでご飯は残しとけよ」

注意した涼子《りょうこ》に、「ほむ？」と小首を傾《かし》げるサラ。

「朴葉味噌はご飯にめっちゃ合うんだ」

「であるか！　やっぱり涼子ちゃんは飛騨マスターじゃのう」

「別にそこまでじゃねえよ」

「じゃが安心せよ。さっき店の者がご飯はおかわり自由じゃと言っておった！」

「食いすぎるとまたゲボ吐くぞ」

「……はい」

サラはゆっくり食べることにした。

「……ほむ、しかしこの米、いつも給食で出てくるのと味が全然違うのう」

サラがじっくり米を味わいながらそう言うと、涼子は少し嬉《うれ》しそうに、

「おっ、なかなかやるじゃねーか。この米は飛騨コシヒカリだな」

「飛騨コシヒカリ？」

「飛騨で作られたコシヒカリだ。寒暖差が激しい飛騨の澄んだ空気と水はコシヒカリの栽培に最適だから、めっちゃ美味《うま》いコシヒカリができる」

「やっぱめっちゃ詳しいやん」

サラがツッコんだ。

「う、うちのばーちゃんちが飛騨で米作ってんだよ」

涼子が言うと、黙々と食べていた弥生《やよい》が少し挑発するように、

「……ふーん、まあまあ美味《おい》しいけど、ハツシモのほうが上ね」

ハツシモとは主に美濃《みの》地方で作られている米で、沢良《さわら》中学校の給食に出てくるのもハツシモである。美濃地方の豊富な水と肥沃《ひよく》な土壌は、ハツシモの生育に最適なのだ。

ちなみに弥生《やよい》の家も米農家で、ハツシモを作っている。

「ああ？　どう考えても飛騨《ひだ》コシヒカリのほうがうめーだろうが。噛《か》めば噛むほど米の甘みが出てきてマジ最高だろーが。まさに米の王様ってやつだろ」

「はあ？　ハツシモは十分に熟成してから収穫されるから、炊いても適度な硬さで、どんな料理にでも合うんですけど？　すべての食べ物がハツシモのために存在すると言っても過言ではない、まさにお米界の主人公なんですけど？」

お互いに推し米の良さをアピールしながらメンチを切り合う涼子《りょうこ》と弥生。

「過言すぎるわ。コシヒカリのほうが圧倒的に有名だろーが」

「それってどこにでもありふれてるってことでしょ？」

「うめーからいろんなところで作られてるんだろうが！」

「ハツシモはほぼ岐阜でしか作られてないから幻の米とまで言われてるんだけど！　レアリティが圧倒的に高いんだけど！」

「レアっつーか要するにマイナーなだけじゃねーか！　本当にめちゃくちゃ美味《うま》かったら他の土地でも作られてるっつーの！」

「うぐ……」

弥生は悔しげに呻《うめ》いたのち、

「ていうか、コシヒカリコシヒカリって言ってるけど、飛騨コシヒカリより新潟の魚沼《うおぬま》産とか佐渡産のコシヒカリのほうが圧倒的に有名じゃない。しかも発祥は福井だし。なんで飛騨コシヒカリがコシヒカリ代表みたいに語ってるの？」

「ぐぎ……！」

痛いところを突かれ、涼子も苦い顔をした。

そこでサラが呆《あき》れた顔で、

「二人ともこんなところで喧嘩《けんか》するでない。美濃ハツシモも飛騨コシヒカリも、どちらも違った魅力があるということで良いじゃろうが」

「イエス！　マイロード！」

「ちっ……まあ、オメーの言うとおりだよ」

弥生が即従い、涼子もサラの言葉を認めた。

「おっ、そろそろ豚肉に火が通ったようじゃぞ」

サラは嬉《うれ》しそうに朴葉味噌《ほおばみそ》の豚肉を箸《はし》で摘《つ》まみ、それをご飯の上に載せて口に入れる。

「うみゃい!!」

5月19日　15時53分

昼食後、中学生たちはクラスごとに白川郷《しらかわごう》を見て回った。

農具や生活用具などが展示されている明善寺《みょうぜんじ》郷土館と、白川郷最大の合掌造《がっしょうづく》りの民家にして重要文化財でもある「和田《わだ》家」に入って合掌造りの生活を垣間見る以外は、基本的に雄大な自然の中に合掌造りの住居が並ぶ素朴な集落の風景を、本当にただ歩いて見て回る——それがこの学年旅行のメインイベントである。

とはいえ普段生活しているのとは違う町をみんなで歩くというのは、それだけで特別なイベントたり得るもので、皆はしゃぎながら写真を撮ったりして楽しんだ。

そして十六時少し前、散策を終えたサラたちは今日泊まる民宿へとやってきた。

各クラス男女別の民宿に泊まるので、ここにいるのは一年三組の女子十八人と副担任の女性教師だけである。

ちなみに民宿も合掌造りの建物だ。

引率の教師が民宿の従業員と話を始め、生徒たちは女将《おかみ》さんに二階の広い部屋に通される。

今夜は全員がここで寝るらしい。

「ご飯は六時からやで、それまでゆっくりしとってね」

「ちなみに夕飯は何が出るのじゃ？」

サラが訊《たず》ねると、

「今夜はねえ……ステーキが出るよ」

「まことか！　それは楽しみじゃ！」

女将の答えに喜色満面の笑みを浮かべるサラ。そんなサラを見て女将は「ふふふ」とどこか悪戯《いたずら》っぽい笑みを浮かべて部屋を出ていったのだった。

「ステーキとは豪勢じゃなー！　こんな辺境にまで来た甲斐《かい》があったというものじゃ！」

「だから飛騨《ひだ》ディスってんじゃねえよ」と涼子《りょうこ》。

「おっと、すまぬすまぬ！」

笑顔のまま謝るサラに、涼子は少し声のトーンを落とし、

「……そんなに楽しみか？　ステーキ」

「無論じゃとも！　飛騨牛《ひだぎゅう》のステーキじゃぞ⁉　スーパーの半額セールの肉ですらどえりゃあ美味《うま》い飛騨牛の、本場の味をついに味わえるのじゃ！　昼に食べた飛騨旨豚《うまぶた》とやらもやたら美味かったし、豚ですらあれほどの美味なら、牛のステーキとなればそれはもう夢のような味に違いないわい！　あ〜〜楽しみ〜〜〜〜！」

今にも踊り出しそうなくらい喜んでいるサラに、

「そうだな……食えるといいな、飛騨牛のステーキ……」

涼子《りょうこ》はどこか気まずそうな顔を浮かべて呟《つぶや》いた。

5月19日　18時1分

夕飯の時間になり、サラたちは一階の広間へと集まった。

部屋の真ん中には大きな座卓が二つくっつけて置いてあり、その周囲に座布団が敷かれている。

「スッテーキッ♪　スッテーキッ♪　素敵なステーキまだじゃろかい♪」

サラが弥生《やよい》と涼子と並んで座り、鼻歌を歌いながら待っていると、従業員によって食事が順番に運ばれてきた。

まずは白米。続いて山菜の煮物。飛騨《ひだ》の郷土料理であるこもどうふ（巻き簀《す》状の道具で木綿豆腐を固く巻いて出汁《だし》の味を染み込ませたもの）と、ころいも（小さなジャガイモを甘辛く煮たもの）、なめこの味噌汁《みそしる》。

それから鶏《けい》ちゃん――飛騨地方南部や奥美濃《おくみの》（美濃地方北部）の郷土料理で、小さく切った鶏肉をキャベツなどと一緒に、味噌や醤油などをベースにしたタレで味付けして焼いたもの。

「なんと！　ステーキが出るというのに鶏肉まで出てくるとは！　飛騨の民のおもてなしの心

は底なしかや！」

歓喜と驚愕《きょうがく》に目を見開くサラ。

そしてついに、

「はい、お待ちかねのステーキ」

にこやかに女将《おかみ》がサラの前に鉄の皿を置いた。

「おお――……」

湯気が立ち香ばしく良い匂いを放つそれを見て、サラの笑顔がゆっくりと消え、表情が疑問の色に支配されていく。

皿の上にあったのは、卵で綴《と》じられた白菜。上から鰹節《かつおぶし》がかけられている。

「ハ……ハハーン、さてはこの白菜の下に飛騨牛《ひだぎゅう》様が隠れておるのじゃな？」

冷や汗を浮かべつつサラが推理すると、

「……ねえよ」

淡々と涼子が言った。

「ほむ？」

「……飛騨牛なんて出てこねえ。見たまんまのそれが、ここのステーキだ」

「違うよ？」

首を傾《かし》げながら言ったサラに、

「違わねえよ。それが飛騨《ひだ》の郷土料理『漬け物ステーキ』。白菜の漬け物を焼いてしょうゆを垂らして卵で綴《と》じる。そんだけ」

「……違うよ？　そんなのステーキじゃないよ？」

「うちもぶっちゃけそう思うけど、そういう名前なんだからしゃーねーだろ」

なおも現実を受け容《い》れられないサラに、涼子《りょうこ》は悲しそうに笑った。

「親に『今日の晩ご飯はステーキやよ』って言われて楽しみにしてたらコイツが出てきて絶望する——飛騨の子供あるあるだ」

「虐待《ぎゃくたい》では？」

「いやそこまでではねえよ」

真顔で言ったサラに、涼子はツッコんだ。

「…………」

サラは無言で涼子をすがるような目で見つめ、涼子はそっと目を逸《そ》らした。

続いてサラが弥生《やよい》のほうを見ると、彼女もサッと目を逸らす。

「弥生……そなたも知っておったのじゃな」

「も、申し訳ありません！　沙羅《さら》様をがっかりさせたくなくて……」

「いや、よい……」

サラはじっと漬け物ステーキを見つめ、その目にじわ……っと涙が浮かんだ。

STEAK

「泣くほどかよ⁉︎」

「泣いとらんし……」

サラは涙を拭《ぬぐ》い、

「飛騨《ひだ》になんぞ期待した妾《わらわ》が愚かだったのじゃ……。映画の聖地になったところで映画館もない……歴史上有名な人物はせいぜい両面宿儺《りょうめんすくな》くらいじゃが偉人というより妖怪枠……さるぼぼとかいう顔のない赤ん坊の人形をマスコットとして売り出す理解し難きセンス……焼いた漬け物をステーキと言い放つバグった言語感覚……唯一の取り柄と言ってよい飛騨牛《ひだぎゅう》は実は美濃《みの》でもたくさん飼育しておるし、妾が大統領になったあかつきには飛騨など富山県にくれてやるわ！　岐阜は代わりに富山湾をもらう！」

「無茶苦茶言うなお前！　たしかに岐阜市より富山のほうが近いけど……。まあそんな落ち込むなって。漬け物ステーキもけっこう美味《うま》いぞ。ご飯にもめっちゃ合うし」

かつてないほど飛騨をディスられたというのにサラを慰《なぐさ》める涼子《りょうこ》に、サラは「うむ……」と弱々しく頷《うなず》いた。

そうこうしているうちに全員に夕食が行き渡り、合掌《がっしょう》して食べ始める。

涼子の言ったとおり漬け物ステーキとご飯との相性は抜群であり、なにより鶏《けい》ちゃんが非常に美味《おい》しかったので、どうにかサラの機嫌は直った。

５月１９日　１９時３６分

「ふひ〜〜〜、いい湯じゃったわい。やはり大きい風呂は良いのう！　涼子ちゃん今度一緒に銭湯行こ？」

「気が向いたらな」

夕食のあと風呂に入って二階の大部屋に戻ってくると、部屋には布団が敷かれていた。

サラは真ん中の布団を選び、両隣には涼子と弥生《やよい》。

消灯時間の十時までは自由時間で、一年三組の女子たちは全員でゲームをやって遊んだ。

内容的には『クイズいいセン行きまＳＨＯＷ！』というボードゲームと同じなのだが、商品化されているものは十人までしか遊べないので、メモ帳やトランプでツールを代用する。

ルールは簡単で、まずプレイヤーの誰かが「この中に片想いしている人は何人いると思う？」とか「一生楽して暮らしていくために必要だと思う金額は？」といった、数字で答えられるお題を出し、全員が答えを紙に書き、数字が少ない順に並べていく。

全部並べたとき、ちょうど真ん中になる答えを書いたプレイヤー全員が５０点を獲得し、一番少ない数を書いたプレイヤー全員と一番大きい数を書いたプレイヤー全員がマイナス１０点となる。

通常のクイズと違って知識量は問われず、他のプレイヤーの答えを予想して、いかに平均的な数値を書くかがキモである。

「この中に彼氏がいる人の数、最小がゼロで真ん中が1で最大が2って！　どんだけみんなうちのクラスのこと非モテ集団だと思ってんの!?」

「同じクラスでイケメンだと思う人の数、真ん中が6！」

「嘘!?　多くない!?」

「そ、そう？　顔だけなら割と粒揃《つぶぞろ》いだと思うんだけど……」

「結婚する人に求める年収……沼田《ぬまた》さんゼロってマジ!?」

「うちは自分の食い扶持《ぶち》は自分で稼ぎてーから」

「おおー、イケメン……」

「一生で稼ぎたい金額、沙羅《さら》様の一阿僧祇《あそうぎ》五千恒河沙《ごうがしゃ》がぶっちぎりで最大です」

「まじかや！　誰か那由多《なゆた》くらい欲しい者がおると思っておったわ！」

……と、こんなふうに全員が平等にゲームに参加でき、書く答えによって他のプレイヤーの意外な一面が見えたりして自然と会話も生まれるため、大人数で親睦《しんぼく》を深めるのに最適なゲームである。ぜひお試しあれ。

みんなで笑いながら遊んでいるうちに、あっという間に消灯時間になった。

最終的に一位になったのは弥生《やよい》。

最下位は断トツでサラ。

こちらの世界に来てもう半年が経《た》ったとはいえ、まだまだ一般人とは感覚がズレているサラであった。

５月１９日　２２時４分

「さて、それでは第二ラウンドといくかの！」

消灯時間を過ぎ、部屋の明かりを消してみんな布団に入ったものの、すぐに寝る者はもちろん誰もいない。

みんなで顔を向け合い、まだまだ起きて話をする気満々である。

「はぁ……うちはもう寝てーんだけど……」

文句を言いながらも付き合う涼子《りょうこ》。

「沙羅《さら》様、なにをお話になるのですか？」

弥生《やよい》に問われ、

「そりゃ学年旅行の夜といえばコイバナに決まっておろう。さっきのゲームで彼氏がおる人の数というお題が出たが、実際どうなんじゃ？　誰か彼氏おらんの？」

サラが訊《たず》ねるも、名乗り出る者は誰もいなかった。

「やだ……うちのクラスの女子モテなすぎ……？」

「そういうオメーはどうなんだよ。噂によると小学校んときめちゃくちゃコクられてたらしいじゃねーか」

「うーん……妾《わらわ》、今はまだ恋愛とか興味ないので……」

「だったらなんでコイバナしようなんて言い出したんだよ！」

サラの言葉にツッコむ涼子。

「妾自身は興味なくとも、クラスメートの恋愛事情は知っておきたいじゃろ。では好きな人がおる者はおらんかや？　弥生はどうじゃ？」

「私は沙羅様から学ぶのに精一杯なので、恋愛にうつつを抜かしている余裕はありません！」

「おお……ストイックすぎてちょっと引くわ」

完全に本気で答えた弥生に苦笑するサラ。

と、そこでクラスメートの一人が、

「あの、あたし……ちょっとかっこいいなって思ってる人ならいます！」

おおーっと盛り上がる女子たち。

「え、誰？　誰？　うちのクラス？」

「男子じゃなくて……二年生の永縄友奈《ながなわゆな》先輩……」

「なんと!?」

驚くサラだったが、他の女子からも、

「あーっ、めっちゃわかる！　かっこいいよね永縄先輩」

「たしかに！」

「沙羅様、永縄先輩と仲いいんですよね？　先輩って付き合ってる人いるんですか？」

「付き合ってる者はおらんが……うん、おらんよ！」

微妙に言葉を濁すサラだった。

「まさか友奈がそんな人気者じゃったとは……でもバレンタインにもチョコたくさんもらっておったからのう……。さすがクール系ツンデレ強い」

と、そこでまた別の女子が、

「女の人アリだったらうちもいるよ好きな人！」

「誰ー？」

「救世グラスホッパーってゆうガールズバンドのリヴィア様！」

「ブッ！」

　思わぬ名前に噴き出すサラ。

「銀髪でめちゃめちゃ美人でギター上手《うま》くてカッコイイの！」

「えー、ごめん知らない」

「ちょっと前に他のメンバーが逮捕されたってニュースでやってたじゃん。あのバンドの人」

「あー、なんかあったねそんな話」

「ほら、これ動画」

　リヴィアの名を出した女子が、タブレットで救世グラスホッパーのライブ映像の動画を再生し、皆に見せる。

「おー、たしかにめっちゃ美人」

「てゆうかなにげに曲もかなり良くない？」

「歌もめっちゃ上手いし」

「キーボードの人が逮捕された人？」

「うん。曲は全部この人が作ってたんやって」

「へー……たしかにかっけーな」

　女子たちは動画に夢中になり、涼子《りょうこ》まで軽く指を揺らしてリズムを取っている。

サラはそんなクラスメートたちに苦笑いを浮かべ、その直後に大きなあくびをした。

「ふあああ……妾《わらわ》はもう限界のようじゃ……」

そう言って目を閉じ、あっという間に寝入ってしまうサラ。

そのあとも救世グラスホッパーの動画鑑賞会は、副担任の教師が注意にやってくるまで続いた。

かくして、草薙《くさなぎ》沙羅《さら》初めての旅行の夜は更けていった——。

あやまち？

5月20日　7時12分

サラがこの世界で初めての宿泊旅行を満喫した日の翌朝。

サラの父親である鏑矢《かぶらや》惣助《そうすけ》は、事務所兼自宅にある和室で目を覚ました。

むくりと布団から身体《からだ》を起こし、頭痛を覚えて顔をしかめる。

（いてて……なんか頭が……）

同じ部屋に敷かれているサラの布団には、もちろん今は誰も寝ていない。

しかし。

惣助が寝ていたのと同じ布団に、自分以外の人間が寝ていた。

しかも全裸で。

中学生と言われても違和感がないような異様に若々しい容姿の、赤い髪をした小柄な女。

弁護士の愛崎《あいさき》ブレンダが、なぜか惣助の隣に裸で寝ている。

（えええええええええええええええええええええええええええええ!?）

目を見開き、驚愕《きようがく》のあまり声にならない悲鳴を上げる惣助。

（な、なんでブレンダさんが！　俺の布団で！　一緒に！　裸で！　ま、まさか……!?　でもこの状況は、普通に考えて……）

痛みと混乱で悲鳴を上げている頭を必死で働かせる惣助の目の前で、眠ったままのブレンダが「うぅん……」と悩ましげな吐息《といき》を漏《も》らした──。

（終わり）

あとがき

キムタクの　来たりしときが　全盛期――。

　このあとがきは『ぎふ信長《のぶなが》まつり』でキムタクが信長に扮してパレードを行い、それを目当てに岐阜市の人口より多い４６万人が来場した日の数日後に書いています。私もたまたま祭りの日に取材で岐阜を訪れていたのですが、岐阜市がこんな大勢の人で溢《あふ》れている光景を見たことがなくて、冗談ではなく今日が岐阜の全盛期なのでは？　と思いました。

　それはさておき、異世界の姫は中学生になり、宗教家は留置場でも布教活動を行い、女騎士はますます裏社会との関わりを深めていく――もはや作者ですらジャンルがよくわからないカオスな群像喜劇『変人のサラダボウル』４巻、お楽しみいただけたなら幸いです。

　特に今回はブレンダ＆望愛《のあ》のリーガルもののパートの執筆に大苦戦し、久々に刊行が一ヶ月延期することになってしまいました。関係者の皆様にはご迷惑をおかけして申し訳ありません。

　未経験のジャンルに挑戦するにあたり、まずいろいろ調べることから始まったのですが、漠然と考えていた展開が現実の法律や制度上かなり無理があることが判明。そもそも3巻ラストのようにインサイダー取引でいきなり警察がやってくること自体がほぼありえないとわかったため、本当に最初から軌道修正を迫られることになりました。望愛がやってそうな犯罪ということでなんとなくインサイダー取引を選んだのですが、普通に詐欺罪《さぎ》とかにしておけばよかった……。苦労したぶん、変わったネタの多い『変サラ』の中でも一際異色のエピソードになったと思います。

今回のカバー背景は金華山《きんかざん》&岐阜城。岐阜城の最寄りのバス停である、岐阜バス「岐阜公園歴史博物館前」停留所で降りればすぐに表紙と同じ景色を観ることができますので、ぜひ皆さんも中学の制服を着て表紙と同じ構図の写真を撮ってみてください。フラペチーノっぽいものは近くのコメダかコンビニで調達できると思います。

あと今回、サラが岐阜市を飛び出して飛騨《ひだ》地方へと遠征に行きましたね。作中で書かれているとおり映画館もなく遊ぶ場所もほとんどないのですが、実はスーパーカミオカンデというニュートリノ観測施設が飛騨の山奥にあり、ここでの研究成果によってノーベル物理学賞を受賞したりしています。合掌造《がっしょうづく》りという大昔からの文化遺産と、世界最先端の研究施設が両方ある異境、それが飛騨。実際に住むなら飛騨より美濃《みの》のほうが絶対に住みやすいと思いますが、個性という観点では飛騨のほうが強いと言わざるを得ません。映像作品の聖地に選ばれがちなのも納得ですね。

２０２２年１１月中旬　平坂読《ひらさかよみ》

■告知

小学館のコミックス配信サイト『サンデーうぇぶり』にて、9月から変サラのコミカライズ版がついに連載開始されました。山田孝太郎先生の圧倒的な画力によって描かれるキャラクターたち、そして岐阜の街並みを観ていると、「サラやリヴィアは本当にいるんだ！　岐阜は本当にあるんだ！」と錯覚しそうになります。そんな最高のコミカライズを皆さんもぜひ楽しんでください。リヴィアのセクシーなシーンもたっぷりあります。

あとがき

イラスト担当のカントクです。

相変わらず一気に読める楽しさとテンポの良さが心地いいです。イラストのネタ率の高さが本作のテイストを物語ってますね。

色気が不足している気がするので
とりあえず温泉イラスト描いておきますね。

本編ではサラ達の中学校生活が始まりました。僕の知らないご当地の小話がいちいち面白いです。やっぱり食は文化だなって思います。

漬物ステーキは普通に食べてみたいよ。

毎日食べてたら塩分過多になりそう。

KANTOKU

GAGAGA
ガガガ文庫

変人のサラダボウル4

平坂 読

発行　2022年12月25日　初版第1刷発行
2024年 4 月20日　第3刷発行

発行人　鳥光 裕

編集人　星野博規

編集　岩浅健太郎

発行所　株式会社小学館
〒101-8001 東京都千代田区一ツ橋2-3-1
[編集]03-3230-9343　[販売]03-5281-3556

カバー印刷　株式会社美松堂

印刷・製本　図書印刷株式会社

Printed in Japan　ISBN978-4-09-453099-5